生徒会の火種

碧陽学園生徒会黙示録3

葵せきな

JN263990

ファンタジア文庫

1640

口絵・本文イラスト　狗神煌

生徒会の火種

碧陽学園生徒会黙示録3

ホワイトボード

生徒会長
桜野《さくらの》くりむ

三年生。外見・言動・生き様、すべてが
お子さまレベルという奇跡の人。
最近とみに幼児化が進んでいる

副会長
杉崎《すぎさき》鍵《けん》

生徒会唯一の男で、
ギャルゲ大好きな二年生。
美少女揃いの
生徒会メンバー全攻略を
狙……っていたはず

書記
紅葉《あかば》知弦《ちづる》

くりむのクラスメイトで、
クールでありながら
優しさも持ち合わせている
大人の女性。
ただし激しくサド

副会長
椎名《しいな》深夏《みなつ》

鍵のクラスメイトで、
暑苦しいほどの熱血少女。
それでいて中身は
誰より乙女という、
ある意味王道な人

会計
椎名《しいな》真冬《まふゆ》

一年生。深夏の妹で、
当初ははかなげな
美少女だったが、
今や色々取り返しの
つかないことになっている

出入り口

これが生徒会室の配置よ!

「いきなり最終話です」

by 真冬

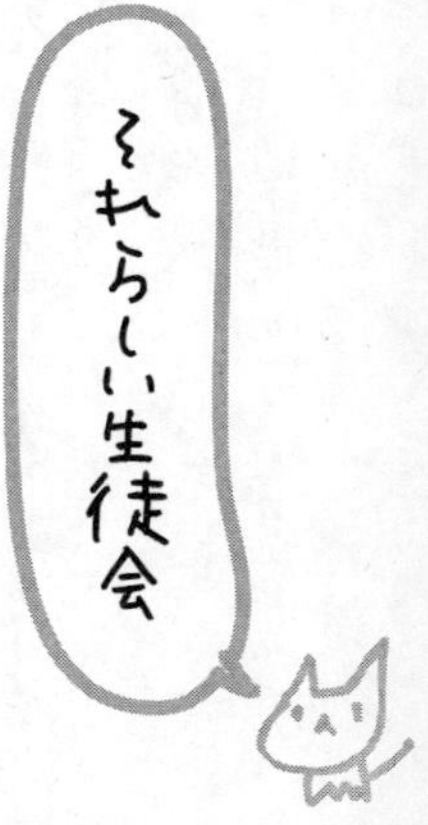

【それらしい生徒会】

「本編があってこその、外伝なのよ！」

会長がいつものように小さな胸を張ってなにかの本の受け売りを偉《えら》そうに語っていた。

今日はしかし、いつもと違《ちが》って人生における教訓というよりは……。

「創作活動の基本ですか？」

俺《おれ》は首を傾《かし》げながら会長に訊《たず》ねる。彼女は「そう！」と、大きく頷《うなず》いた。

「生徒会の物語を本にする上で、最近、少々番外編が増加しすぎな気がしてきたの」

「……そりゃ、会長が自分から余計な仕事をとってくるからじゃ……」

俺の呟《つぶや》きに、他の役員達も頷く。そう、そもそも俺達碧陽《へきよう》学園生徒会がこうして自分達の活動を本にしていること自体会長のせいだし、ドラマガ、付録、特典、番外編、そういった本筋以外の活動もあらかた、会長が持ってきている仕事だ。

しかし俺達のジトッとした視線を無視して、会長は話を続ける。

「番外編がありすぎると、何が本編なのか分からなくなっちゃうと思うの！　柱がしっかりしてない家みたいになっちゃうよ！　耐震偽装《たいしんぎそう》だよ！」

「それ以前に雑談だけの本編が、果たして柱として機能しているのかが甚《はなは》だ疑問ですが」

「二年B組の話なんて、誰《だれ》が読みたいのよ！」

「おいこら。自分で中目黒《なかめぐろ》に依頼《いらい》しといてっ！　飽《あ》きたのかっ！　要は、飽きたのかっ！

自分に出番無いから、飽きたんですよねぇ!?」

「とにかく！　そろそろドラマガでも、『本編っぽいこと』をやるべきだと思うのよ！

新規読者獲得《かくとく》のためにも！」

「そりゃ、確かに番外編からは入ってきづらいですけど……」

俺がそう呟いていると、隣《となり》で今まで様子を見守っていた深夏《みなつ》が口を出してきた。

「けど本編だって入ってきづらいんじゃねーの？　だって生徒会だぜ？」

「なによ深夏、その元も子もない発言」

「だってあたし達、毎日個人的な雑談してるだけだろ。一巻から付き合ってくれてる読者
だってんならまだしも、今回から急にあたし達の会話読んで、新規読者が楽しめるか？」

「楽しめると思うよ？　だって、私達楽しいじゃん」

「……あのなぁ。他人の雑談なんて、普通《ふつう》そうそう楽しめるもんじゃねーだろ。例《たと》えば
……『こんばっぱー』とか」

「あはは、あったねー、それ。おもしろい、おもしろい」

「だから、わかんねーって！　あたし達が楽しいだけで、新規読者、わかんねーから！　人の雑談って、本来こーいうものなんだよ！」

「？」

「だーかーらー！　例えば他校の生徒が担任の先生のモノマネをしたとして、それで笑うのは、その先生を知っている、その学校の生徒だけだろっつう話だ」

「そっか。そうだね」

「分かってくれたなら、それでい――」

「じゃ、本編始めるよー」

「あたしの意見聞いてた⁉」

深夏がガックリ肩《かた》を落としているのにも構《かま》わず、会長はさくさくと会議を進める。

「そんなわけで、今日は本編の日なので、それっぽい会議をしようと思うわ」

「それっぽい会議？　普通の会議じゃいけないのかしら、アカちゃん」

知弦《ちづる》さんが自習の手を止めて会長を見る。会長は「うむ！」と力強く頷いた。

「いつもの無意味な会議しても、新規読者に『なんだ、こんなどーでもいい話なのか』と勘違《かんちが》いされちゃうと思うの」

「いえ、それ勘違いじゃなくて、本編は本当にどうでもいい雑談ばかり――」

「そんなわけで、ほれ、真冬《まふゆ》ちゃん」

「はい？」

唐突《とうとつ》に話を振《ふ》られて、真冬ちゃんは今までふーふーしていた番茶を机に置き、きょとんと首を傾げた。

「なんですか？」

「なんか、凄《すご》く重い過去とか話して」

「ええ!?」

酷《ひど》い命令を下されていた。俺達が汗《あせ》をかきながら見守る中、真冬ちゃんは慌《あわ》てた様子で手を振る。

「真冬、そんなに重い背景《はいけい》ありませんよぅ！」

「大丈夫だよ。真冬ちゃんなら、あるわ。不幸の権化《ごんげ》じゃない、真冬ちゃん」

「なんですかその認識！」

「病弱だし、腐《くさ》ってるし、ドジだし、駄目《だめ》だし、情緒《じょうちょ》不安定だし、杉崎《すぎさき》のこと好きだし」

「い、今が一番不幸ですぅー！」

そして俺も不幸だ。俺を好きというステータス、そこに入れますか。

「とにかく、そんな人間になってしまうには、重い背景があって然《しか》るべきだと思うの。両親が宇宙に行ったまま帰ってこない……とか」

「この前、会長さんもお母さんと会ったじゃないですかっ！」

「昔、親友を自分の手で……とか」

「今の真冬になるには、そこまで重い話が必要なんですか⁉」

「それぐらいなきゃ、その駄目さ加減《かげん》に説明がつかないよ」

「真冬、生徒会やめていいですか？」

「待って、真冬ちゃん。やめるにしても、なんか凄《すご》く感動的なやめ方して！」

「止めてさえくれないんですか⁉」

「ほら、話すのよ、真冬ちゃん！　生徒会をやめる、その感動的だったり、悲劇的だったりする理由を！」

「酷いイジメを受けてるからですぅー！」

なんか真冬ちゃんが涙《なみだ》をダーッと流していた。すっかり心が折れてしまっている。

仕方ないので、俺が会長を引き受けることにした。

「会長。真冬ちゃんを追《お》い詰《つ》めて、結局なにがしたいんですか……」

「なに？　そんなの決まってるじゃない」

一拍《いっぱく》置いて、大声。

「最終話よ！」


「さ、最終話？」

「うん、そう。最終話。本編って、いっつも最終話でシリアスなこと書くでしょう？」

「まあ、そういう傾向《けいこう》はありますね。ありのままを書いているだけなんで、特に狙《ねら》ってるわけじゃなかったですけど……」

「だから、ドラマガでも、こう、感動的な話をやったらいいと思うのよ！　生徒会の一存シリーズって、こんなにも素晴《すば》らしい本編なんだと、分からせるのよ！」

「いや、最終話以外雑談ですし。最終話だって、別に号泣《ごうきゅう》するようなことでは――」

「というわけで、真冬ちゃんの、ケータイ小説ばりの壮絶《そうぜつ》な過去を語って貰《もら》おうと」

「そんな理由で、真冬に不幸な過去を付け足さないで下さいぃー！」

なんか真冬ちゃんがまだ泣《な》き叫《さけ》んでいた。あれはもう、充分《じゅうぶん》不幸だ。今が不幸だ。来年の今頃《いまごろ》には、今日のことが充分「重い過去」になり得《え》る不幸さだ、あれは。

会長は「仕方ないわねぇ」と肩をすくめると、今度は知弦さんを見た。

「じゃ、知弦がなんか重いの語って」

「？　なんで私なのかしら？」

「だって知弦、ひねくれてるじゃない。歪《ゆが》んでるじゃない。犯罪者の精神じゃない。そんな風になるには、それ相応の過去が――」

「アカちゃん。アカちゃんに、今からそういう経験をさせてあげましょうか？」

「ひぃっ。ごめんなさいっ！」

「分かればいいのよ」

知弦さんはニッコニコしていた。……うん。あれは、確かに凄い過去がありそうだ。以前語って貰ったこと以外に、絶対、絶対なんかある。子供の頃《ころ》に国を一つぐらい消滅《しょうめつ》させていてもおかしくない人格形成だ、あれは。

しかし、会長がしゅんとしてしまったのが気になったのか、知弦さんは嘆息《たんそく》混じりに提案してきた。

「要は、読者の心を揺《ゆ》さぶるような、実《み》のある話をしたいのよね、アカちゃんは」

「うん……」

「だったら別に、重い過去じゃなくてもいいんじゃないかしら」

知弦さんにそう諭《さと》されて、会長はしばし唸《うな》った後、仕方なさそうに呟いた。

「じゃあ、真冬ちゃんが生徒会をやめるという話でいく」

「真冬、ドラマガ短編のために生徒会やめさせられるんですかっ⁉」

「自分から言い出したんじゃない」

「そ、それはそうですけど……」

ああ、真冬ちゃんがまた追い詰められている。……真冬ちゃんにとって、「生徒会に在《ざい》籍《せき》していた」という事実が「重い過去」にならないことを祈《いの》るばかりだ。

会長が「よしっ！」と会議を切り替《か》える。

「じゃあ今日は皆《みんな》で、真冬ちゃんを感動的に送り出してあげようじゃない！」

『おー』

全員、そこらが簡単そうなので、応じる。真冬ちゃんは「ええっ⁉」と叫んでいた。

「な、ちょ、皆《みな》さん――」

「（大丈夫《だいじょうぶ》だよ、真冬ちゃん）」

俺は涙が止まらなくなっている真冬ちゃんに、会長がホワイトボードの方を向いているうちに小声で話しかける。

「（うぅ、先輩《せんぱい》？）」

「(どうせカタチだけのことだから。今回の短編が書き上がったら、会長はそれでいいんだからさ。っていぅか、美少女がハーレムから抜《ぬ》けることを、俺が許さない。神が許しても、俺が許さない。実際にやめる必要はないよ)」

「(そう……なんですか？)」

不安そうな真冬ちゃんを、姉である深夏も励《はげ》ます。

「(そうだぜ、真冬。あたしが、真冬を追い出す計画に賛同するわけねーじゃねーか！)」

「(お、お姉ちゃん……。真冬、なんか久々に姉妹愛を感じてるよぅ)」

「(真冬……)」

「(お姉ちゃん……)」

姉妹が見つめ合っていると、会長が、「さて」と会議を進行してきた。

「真冬ちゃんが生徒会を去る背景について、なにかいい案ある人ー！」

「はいはいはーい！　あたし『真冬は必殺技《ひっさつわざ》を会得《えとく》するために、山ごもりに入るから』がいいと思うぜぇー！」

「お姉ちゃん!?」

深夏がノリノリで会議に参加していた。美しき姉妹愛が一瞬《いっしゅん》で幻想《げんそう》と化し、真冬ちゃんは絶望に染まった目をしている。……ああ……既《すで》に今日のこと、「重い過去フォルダ」行き決定だ……。

「深夏。それはあんまり、感動出来そうじゃないよ？」

「そんなことないぜ、会長さん。結局は真冬が出て行くということが、大事なんだ。あたし達がこう……涙を堪《こら》えつつ送り出せば、いいシーンが出来るだろ」

「そうだけど、それだったら、別に山ごもりじゃなくても……」

「よく考えろ、会長さん。真冬が山ごもりだぜ？」

「ん？」

会長は首を傾《かし》げ、そして、真冬ちゃんの方を見る。俺達もそれにつられ、真冬ちゃんを観察。……そこには、華奢《きゃしゃ》で病弱で涙目なインドア女王がちょこんと座《すわ》っていた。

会長が、ごくりと生唾《なまつば》を飲み込む。

「……死ぬわね」

「ええっ⁉」

真冬ちゃんはまた泣きそうになっているものの、俺達は全員こくこくと頷《うなず》く。

深夏が、「だろ」と口の端《はし》をつり上げた。

「こんな真冬が、山ごもりだぜ。……相当な決意を伴《ともな》っていると見ていい」

深夏のその言葉に、知弦さんが深く頷く。

「そうね。軽く自暴自棄《じぼうじき》の匂《にお》いまでしてくるわね……」

「真冬は今、本当にそんな気分ですよ……。……山に、行っちゃいたいです……」

「そんな無謀《むぼう》な山ごもりに、必殺技を会得するためだけに臨《のぞ》む背景を考えると……それはそれで、壮絶なものがありそうよね」

「真冬、この現状がもう充分山に向かう動機になりますけど……」

完全に暗い目をし始めた真冬ちゃんを無視して、会議は進行していく。

深夏が、こほんと咳払《せきばら》いをした。

「真冬が必殺技を会得したい理由……それは……」

「生徒会の皆さんに復讐《ふくしゅう》したいからです」

「ライバルを倒《たお》すためだ！」

「………」

途中《とちゅう》真冬ちゃんが不吉《ふきつ》なことを言った気がするが、皆それは聞かなかったことにする。

会長が腕《うで》を組んで唸る。

「うーん……。なんかそれ、弱くない？　少なくとも、泣ける動機じゃないよね。熱い動機ではあるかもしれないけど」

「甘いな、会長さん。真冬のライバル……そいつが誰《だれ》かによっては、泣ける話になりうると、あたしは思うぜ」

「例えば？」

「そうだな……。生き別れの妹、とか」

「椎名《しいな》家第三の少女⁉」

ここに来て生徒会の一存シリーズに、新設定が加わりました。

「ああ。あたしも知らなかったけど、多分いるんだ。うちには、なんかすげぇ強い妹が。もう一匹《いっぴき》」

「匹なんだ。深夏にとって妹の数え方、匹でいいんだ」

「そいつは、自分を捨《す》てた母親や、自分のことを知らぬままぬくぬくと育った真冬に、激しい憎悪《ぞうお》を抱《いだ》いている」

「じゃあお姉ちゃんも恨《うら》まれてると思うけど……」

真冬ちゃんがツッコむも、深夏は相変わらず無視だった。さすが、匹と数えるだけある。

妹に対する扱《あつか》いが酷《ひど》い。

「んでま、そいつに、うちの母さんがやられた」

「香澄《かすみ》さんまでサラリと巻き込んだわね」

「ある日真冬が家に帰ると、家がくさやまみれになっていたんだ……。激しい異臭《いしゅう》。母さんはそんな中で、くさやでマスクをされ、意識を失っていた……」

「なんて惨《むご》い……」

会長が口元を押さえていた。……いや、まあ、それでいいならいいけど。

「一応、うちの母さんは一命をとりとめたんだがな……」

そりゃ、くさやまみれにされただけだしな。

「その一件で、真冬は、今まで避《さ》けていた妹との対決を、決意するんだ」

「それで、強くなるために、死の危険性がある山ごもりを……。うん、泣けるかも！」

くさやは出て来ない方が泣けたと思うけど。

「真冬の脳裏《のうり》にこびりつく、惨劇《さんげき》の記憶《きおく》。家の壁《かべ》や床《ゆか》にこびりついた、くさやの異臭」

ある意味家を燃やされるより酷い仕打ちだったかもしれない。くさやまみれ。

「そうして今日、真冬は、リベンジを果たすべく修行《しゅぎょう》に臨むため、この生徒会を、去る」

「それは……結構いいね！」

会長が乗り気だ。真冬ちゃん当人はといえば、椅子《いす》の上で膝《ひざ》を抱《かか》えてあさっての方向をボーッと見つめながら、「もうどうでもいいです……」と、完全に自暴自棄だった。……既に充分泣けるぞ、この子の境遇《きょうぐう》。

「じゃあ、深夏以外に『泣けるエピソード』の案ある人ー」

深夏の意見を一通り聞き終わり、ホワイトボードに「修行」と記《しる》すと、会長は再び会議を進行させる。椎名姉妹と会長を抜くと、俺か知弦さんが意見を出すしかない。正面の知弦さんに視線を送ると、彼女は「そうねぇ」と顎《あご》に指を当てた。

「修行っていうのは、私的にはちょっと前向きすぎるんじゃないかと思うわ」

「前向き？」

「ええ。動機がなんにせよ、修行に行こうっていうのは、まだまだ希望を持った人間がすることよ」

「うーん……そうかもだけど。知弦は、何が言いたいの？」

会長の問いを受け、知弦さんは天使のように微笑《ほほえ》む。

「どうせなら、もっと立ち直れない程の絶望を真冬ちゃんに与《あた》えたいなって♪」

「ひぃぃぃぃぃぃぃ⁉」

真冬ちゃんが可哀想《かわいそう》なほど怯《おび》えていた。蛇《へび》に睨《にら》まれた蛙《かえる》……いや、ライオンに目をつけられたウサギ、といったところか。

しかしそんな真冬ちゃんの怯えも虚《むな》しく、会長は意外と乗り気だった。

「うんうん！　そうだね！　やっぱり、分かりやすく『可哀想』なのが、泣けるよね！」

「ええ。……こんなか弱い真冬ちゃんが、目も覆《おお》いたくなるような残酷《ざんこく》な運命に巻き込まれたら……それだけで、泣けると思うわ」

「例えば？」

「そうねぇ。……ある日、夜の街角で乱暴な男に……」

『……ごくり……』

知弦さんの提案する「悲劇」のあまりの生々しい始まりに、メンバー全員が息を呑《の》む。

知弦さんは、たっぷりと間を置いて……告げた。

「買ったばかりの次世代ゲーム機を、奪《うば》われるとか」

『悲劇だぁ――――――――――！』

予想とは違《ちが》ったものの、被害者《ひがいしゃ》がゲーム廃人《はいじん》の真冬ちゃんであることを考えると、あまりに大きすぎる悲劇だった。

「ま、真冬……そんなことあったら、立ち直れません……」

真冬ちゃんが肩《かた》をぶるぶるふるわせている。

知弦さんは、それでも止まらなかった。

「そうして精神的にボロボロの真冬ちゃんを、次なる悲劇が襲《おそ》うのよ」

「え？」

「次世代機の悲劇の直後、真冬ちゃんは誤《あやま》って、ビルの屋上《おくじょう》から……」

「ま、まさか……」

そんな、いくら次世代機を奪われたからって、投身《とうしん》自——

「携帯《けいたい》ゲーム機を、落としてしまうの」

『う、うわぁ————————！』

全員が絶叫《ぜっきょう》する。そんな……そんな。こんな酷いことってっ……あるかよっ！

「ま、真冬……次世代機ばかりでなく……現行機まで……」

「やりこんだデータの記録も、完全破壊《はかい》」

「あぁあああああああああ！」

真冬ちゃんが壊《こわ》れてきていた。な、なんて悲劇を思いつくんだ……知弦さん！　あんた、悪魔《あくま》だよ！　人間の想像力を超《こ》えた非道さだよ！

深夏も会長も俺も、あまりの惨さに顔を青くする中、知弦さんはまだまだここからが本番とばかりに続ける。

「帰宅し、ネットに逃避《とうひ》しようとするも、掲示板《けいじばん》ではなぜか総叩《そうたた》きを食らい」

「いやぁあああああああああああああ！」

「と、家に落雷《らくらい》。人は無事《ぶじ》だったものの……パソコンのデータが根こそぎ飛び」

「ひっく……ひっく……」

「こうなったらBL一筋《ひとすじ》で行こうと考えるも、気付けば部屋には本が全然無い」

「ど、どうして……」

「次世代機買いに行っている隙《すき》に、母親に本を全部資源ゴミへ出されたからよ！」

「………。……ぃ」

もう声も出ないほど、真冬ちゃんは憔悴《しょうすい》していた。……人がこんな精神的にボロボロになるところを、俺は初めて見たよ。

「自分で趣味《しゅみ》の同人誌を描《か》こうと机に向かうも……どうしたことか、ペンが全く走らない」

「……………そんな、はず……」

「それどころか、ピンクな妄想《もうそう》さえ全く湧《わ》いてこない」

「ど、どうして……」

「立て続けに起こった不幸による精神的疲労《ひろう》で、真冬ちゃんは、インドアの才能さえ失ってしまったのよ！」

「……もう……もう、真冬、どうやって生きていったら……」

「そんなわけで、翌日、真冬ちゃんは生徒会室を……去ったわ」

『涙《なみだ》が止まらないぃぃい──────────』

生徒会が号泣《ごうきゅう》だった。これはもう、全世界が号泣間違《まちが》いなしだった。かつてこれほど惨いバッドエンドの物語が、あっただろうか！

陰鬱《いんうつ》な空気が漂《ただよ》う生徒会で、しかし、ただ一人、知弦さんだけは笑顔だった。

「うまく書けば、名作短編になる予感よ、これは。ドラマガでこの物語を読んだ人は、本編に興味《きょうみ》湧くこと、間違いないと思うわ」

「そりゃ、確かに真冬ちゃんのことはメッチャ気になりますけど……」

「やめて下さい。真冬、創作といえど、その物語は受け入れられそうにないです……」

真冬ちゃんの必死の懇願《こんがん》に、流石《さすが》の知弦さんも渋々《しぶしぶ》引き下がってくれる。……俺もそんな物語をドラマガに書き下ろすのは、精神的に無理そうだから助かった。

「でも、いい線いってるよ、知弦。やりすぎではあったけど、そういう話が、最終話っぽい雰囲気《ふんいき》を出すんだよ。ドラマガ読者も、生徒会を見直すってものだよ！」

「そうよね」

「新規読者も、『こういう話なら、買ってみるか』ってなるよ！」

「そうよね」

「いやならねーだろ。他の最終話、そんなんじゃねーし！」

深夏がツッコミを入れていたが、三年生両名はすっかり無視。

会長はこめかみを人差し指でツンツンつつきながら、俺の方に視線を向けてきた。

「杉崎は、なにか案ないの？　最終話っぽくなる方法」

「そうですねぇ。エロ妄想ならいくらでもしますけど、シリアスは専門外なんでねぇ」

「さらっと杉崎の好感度が下がったことはさておき、なんか捻《ひね》り出してよ」

「ううん……知弦さんのですっかり悲劇のイメージになっちゃいましたけど、読者をシリアスに食いつかせるという意味では、悲劇に限らないですよね」

「というと？」

「真冬ちゃんが生徒会を去る、というイベントでも。なんかこう、やりようによっては、温《あたた》かい涙が流せる展開も出来そうじゃないですか」

「うむ。フルーツ○スケットみたいな感じもいいね！　うー、うーうーうーうー」

「なに唸《うな》っているんですか？」

「歌ってるんだよ！　オープニングの神曲《かみきょく》を！　あの曲を物語終盤《しゅうばん》で流せば、なんかとてもいい話っぽく読めちゃうんだよ！」

「いや、フルーツバス○ットは実際めちゃめちゃいい話だから、いいんですよ。生徒会の雑談の終盤にあれ流れても、曲の良さを一ミリも引き出せないですよ」

「と、とにかく！　杉崎は、それっぽい話を考えなよ！」

「うーん、そうですねぇ」

　今や深夏に肩を抱《だ》かれながら、めそめそと泣いている真冬ちゃんを眺《なが》める。……あの姉妹愛といい、確かに、いい素材は揃《そろ》っている気がするなぁ。…………よし。

「じゃあ、書いてみます！」

ということで、「いい話っぽい短編のプロット」に取り組んでみることにした。

・椎名真冬。彼女には大きな秘密があった
・なんと彼女は、月の出身だったのだ！
・姉や生徒会との感動の別れ
・うー、うーうーうーうー

「これは、いいはなシー○ーにも出られますね」

「出られないよ！　三行だよ！　歌除《のぞ》けば三行！　三行だけで事足《ことた》りる感動話って、どんだけ浅いのよ！」

「三行で泣ける、深イイ話」

「浅いよ！　限りなく浅いよ！」

「甘いですね、会長。頑張《がんば》れば一行にも出来ますよ。『真冬ちゃん、泣きながら月に帰る』……以上です！」

「それで泣ける人がいると思う？」

「『恋人《こいびと》が死ぬ』……この五文字のプロットで泣けちゃう人も多い世の中ですから」

「またそんな毒舌《どくぜつ》を……」

「まあ生徒会をプロットにしたら『雑談』……二文字で終わりますけどね！」

「ああっ！　私達の話って、本気で浅いね！」

「まあ、物語じゃなくて、半分ドキュメンタリーですしね……。そうそう波瀾万丈《はらんばんじよう》なイベント起こらないですから」

「だ、だからこそ、ちゃんとした感動の物語を、短編でも提供したいんじゃない！」

「仕方ないですねぇ。……じゃあ、もう一本」

俺は無理矢理気味にもう一つプロットを捻り出した。

・深夏が犯人

「五文字で充分《じゆうぶん》泣けるな……」

「あたしがなぁぁぁぁぁあああああああああああああああああ」

真冬ちゃんではなく、深夏が絶叫《ぜつきよう》していた。俺は解説してやることにする。

「実の姉が犯人だぞ。なんて切《せつ》ないラスト」

「なんのだよ！　なんの事件の犯人だったんだよ、あたし！」

「少なくとも真冬ちゃんが生徒会を去らなくちゃいけなくなるぐらいの、大事《おおごと》だ」

「それ、真冬じゃなくてあたしの悲劇じゃねぇ⁉」

「愚《おろ》かな姉は自業自得《じごうじとく》だが、妹はある意味被害者。マスコミからの家庭バッシング。ネットでの誹謗中傷《ひぼうちゅうしょう》。……辛《つら》いな、真冬ちゃん」

「だからあたし、なにしたんだよぉおおおおおおおおお！」

深夏は不満そうだったが、他のメンバーには意外と好評のようだ。口々に「いいかも」「いいわね」「真冬的にも、それならまだ受け入れられます」と、賛成の意を示す。

「だろう、だろう。塀《へい》の中の深夏に真冬ちゃんが手紙を出すくだりなんかは、号泣必至《ひっし》だぞっ！」

「あたし捕《つか》まってんの⁉　え、ちょ、あたし、ホントになにした――」

「最後の最後、深夏が十三階段を上るところなんて……泣かない人間はいない」

「ええっ⁉　極刑《きょっけい》⁉　そこまで⁉　そこまでのことしたのかよ、あたし！」

「そんな犯罪者を姉に持ってしまった真冬ちゃんが、けなげに生きていく姿は、涙なしには読めない」

「それ以前に、あたしのことで泣いてくれよ！　姉の方が酷《ひど》い末路辿《たど》ってるから！」

「深夏のは自業自得だろう。……このクズが」

「えぇっ⁉」

深夏を侮蔑《ぶべつ》するような瞳《ひとみ》で睨《ね》め付ける。他のメンバー達も、深夏にそんな視線を向けていた。

「あたし、今、めっちゃ可哀想《かわいそう》じゃん……」

読者どころか、深夏が泣きそうだった。

「大丈夫《だいじょうぶ》だ、深夏。真冬ちゃんは、俺が幸せにするから！」

「天国のお姉ちゃん。真冬、先輩《せんぱい》と幸せになるよ。見守っててね」

真冬ちゃんが宙を見つめながら呟《つぶや》いていた。……横に「Ｆｉｎ」と書いてやりたい。

「お前らだけハッピーエンドかよっ！」

「いけるわよ、二人とも！　重さもありつつ、希望もあり、そしていい話！　完璧《かんぺき》だよ！」

次のドラマガは、それね！」

「会長さん⁉」

「深夏の犯行シーンは私が監修《かんしゅう》するわ。それはもう、残酷《ざんこく》に、書くわ」

「知弦さんまで乗り気⁉　っていうか、あたし、どんなことしたんだよ！　あたしは、そりゃ確かに口より手が出るタイプだけど、そこまで人の道に外《はず》れたことは絶対に――」

深夏がそこまで言ったところで、俺は、嘆息《たんそく》混じりにその恐《おそ》るべき罪《つみ》を明かした。

「『面白《おもしろ》そうだから』との理由で、魔王《まおう》の封印《ふういん》を解《と》いたんだよ、深夏は。人類半分消滅《しょうめつ》」

「申し訳ありませんでした。自首します」

深夏が俺に両手を差し出してくる。……罪を認めていた。魔王の封印を解ける機会があったら、自分は、確かにやってしまいかねないと判断したらしい。俺は深夏に、雑務カバンから取り出したおもちゃの手錠《てじょう》をかけた。

「ここまで愚かなお姉ちゃんだったなんて……真冬、悲しいよ」

「す、すまない、真冬。お姉ちゃん、全く弁解の余地ねぇわ。確かにやりかねないわ、あたし、それ。そして、極刑でも足りないぐらいだ。だが、後悔《こうかい》はねぇ」

「後悔ぐらいしようよ！」

「魔王が見られたんだ。熱血《ねっけつ》物語ファンのあたしとしては、悔《く》いがねぇ」

「いや、悔やもうよ！　そんな態度だから、極刑になっちゃったんだと思うよ！」

「刑の執行《しっこう》前に、あたしはこう言うだろう。『あたしの生涯《しょうがい》に、一片《いっぺん》の悔い無し！』と」

「反省の色もなし！　ああ……真冬、なんだか本当に悲しくなってきました……」

物語が空想とは言え、深夏の思想&行動論理は本物。確かに、自分の肉親がこんなんだったら、本気で悲しいかもしれん……。

すっかり皆《みんな》で「どよーん」としていると、会長が「とにかくっ！」と仕切り直した。

「これで、ドラマガ読者&新規読者の心はもらったわね！」

椅子《いす》をガタガタと鳴らして立ち上がり、会長は俺をビシィッと指さす。

「早速執筆《さっそくしっぴつ》よ、杉崎！　ドラマガ特別編……『さよなら椎名姉妹編』」

「うっわ、番外編でやる内容じゃない感バリバリのタイトルですね！」

「ドラマガ読者も、それぐらいの方が丁度《ちょうど》いいでしょ！　マンネリなギャグ物語を、ピリッと引き締《し》めるよ！」

「まあいいですけど……。じゃ、それっぽいの書いておきますよ」

会長の依頼《いらい》を受け、俺は執筆を始める。……が。

「ええと……まず深夏が。…………。むむ」

「？　どうしたのよ、杉崎。タイピングする手が止まってるけど？」

「会長。……執筆って、ど、どうやるんでしょう？」

「——は？」

会長が首を傾《かし》げる。他のメンバー達もキョトンとしていた。

「なに言ってるんですか、先輩。いつも、やってるじゃないですか」

「あ、う、うん。そうなんだけどね……」

「短編ぐらい、パパッと書いちゃえよ、鍵《けん》。慣《な》れてるだろ？」

「あー、そ、そのはずなんだけどね……」

「キー君？　そんなに難《むずか》しい注文してないわよね？　プロットは決まってるわけだし」

「そ、そう思うんですけどね。……あの……」

それでも、俺は指をキーボードの上に置いたままだった。

額《ひたい》に、汗《あせ》が滲《にじ》む。

「お、俺、事実や妄想《もうそう》は書けるけど、真面目《まじめ》に泣かせる話を執筆とか……し、したこと、なかったです……」

『…………』

全員からの、失望の視線。ハーレム王を目指《めざ》す俺にしてみれば、あまりに、あまりに屈《くっ》辱《じょく》的な視線、視線、視線、視線！

しかしそれでも、キーボードの上の指先はぴくりとも動かず……。

「……キー君の、不能」

「！」

知弦さんの呟きに、俺はかつてない衝撃《しょうげき》を受ける。ふ……不能……。真冬ちゃんが「それは意味が違《ちが》うんじゃ……」と苦笑していたが、そんなことは関係ない。

不能……不能……不能。……ああ。あああああああああああああああああああ。

俺の心が壊《こわ》れていく。

しかし、その間にも、会議は進行しているようだった。

「ち、使えない男ね、杉崎」

「つ、使えない……」

「鍵……（器《うつわ》の）小さい男だな」

「ち、小さい……」

「先輩のしょぼさには、真冬もガッカリです」

「しょ、しょぼい……」

ははは……ははは。なんだ。なんだっていうんだ、これ。執筆のことを言われているハズなのに、なぜか、男としての自尊心がガリガリ削《けず》られていく。作家としてじゃなくて、男としての杉崎鍵が、悲鳴をあげている。

俺は腕《うで》をダラリと垂《た》らし、背もたれにぐったりと体を預けたまま、「不能……不能……」と繰《く》り返すだけの屍《しかばね》と化す。口からぽわーっともう一人の俺まで抜《ぬ》け出していた。

俺の口から出た俺（魂《たましい》）が、会議の進行をただただ聴《き》き続ける。

「仕方ないなぁ、杉崎は。事実とエロ妄想しか書けないなんて」

「でも、どうするのアカちゃん。これじゃあ、フリダシよ」

「そうだねぇ……。あ。いい案思いついた！　今日のこの会議を小説にしよう！」

「？　それじゃあ、いつも通りじゃない」

「そうなんだけどね。だから……深夏！　そこでぽわぽわ浮《う》いている杉崎の魂捕《つか》まえて！」

「へ？　いいけど……。……よっ！」

あぅ。……びちびち！　びちびち！

「こら、暴《あば》れるな！　く、この！」

うぎゅ！…………ふしゅー。

「よし、真冬ちゃん！　今よ！　杉崎の雑務カバンに入っている、清《きよ》めのお塩を！」

「は、はい！……て……てりゃあ！」

！　光が……光が見える！　暖かい！　暖かいよ、母さん！

「今よ！　皆！　目薬をさして、泣いているように見せかけながら、成仏《じょうぶつ》する杉崎を見送るんだよ！」

『おお！　なるほど！』

……………。

と、いうわけで。

「杉崎……私達、貴方《あなた》のこと、絶対忘れないから！……副会長に、敬礼！」

ビシィッ！

美少女達が、涙《なみだ》を流しながら、俺を見送ってくれている。

ああ……愛する女達が皆で俺を看取《みと》ってくれるなんて……。

もう……俺は、満足さ。

ハラァ…………いっぱいだぁ。

俺を包む優《やさ》しい光に誘《さそ》われ、天井《てんじょう》を突《つ》き抜け、青空へと上る。ああ……眩《まぶ》しいぜ。

太陽に掲《かか》げた手のひらは、キラキラと、眩《まばゆ》く、輝《かがや》いていた。

最終回『さよなら杉崎編』　完

※翌日ちゃんと帰ってきました。

「受験生必読だよ！」 by 会長

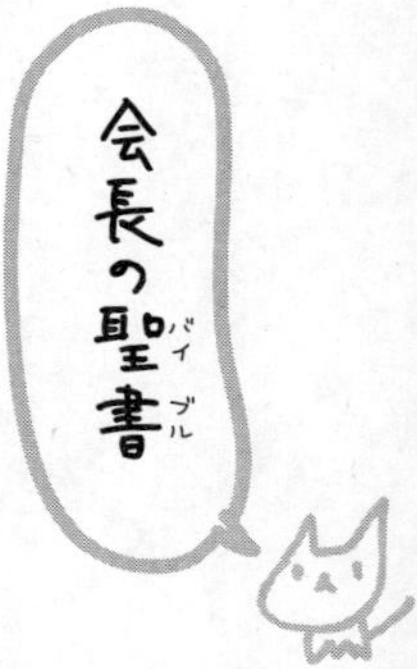

【学校生活、はう、とぅー】

みんな、ご機嫌《きげん》よう。碧陽《へきよう》学園の神こと、桜野《さくらの》くりむです。気軽に「神」と呼んでね。

今回は、以前のシャーペンに続いて、生徒会で下敷《したじ》きも作ることにしたよ。ふふふ、嬉《うれ》しいでしょ。最終的には文房具《ぶんぼうぐ》一式を生徒会グッズで揃《そろ》えて、皆が、いつでも神たる私への信仰《しんこう》心を忘れないようにしていこうと思うの。崇《あが》めよ〜、我《われ》を崇めよ〜。

とりあえず下敷きの表は神たる私のイラストでいいとして、裏面のスペースが余《あま》ったから、サービスで、私がとてもとてもありがたい言葉を、生徒諸君に授《さず》けてあげようと思う。最早《もはや》これは、聖書だね、聖書。大事にするんだよ。

こほん。下敷きは学校生活の中でいつも持ち歩くものだから、何回読み返しても役に立つ「ことわざ」や「慣用句《かんようく》」を私の解説付きで説明していくよ！　わぁ、素敵《すてき》だね！　ここだけの話、国語のテストのカンニングにも使えちゃうかもね！

では、早速《さっそく》いくよ！

「猫《ねこ》に小判」

猫に小判っ

これは有名なことわざだね。意味も言わずもがな。……そう。「猫の可愛らしさは、小判あげてもいいぐらいだにゃー」ってことだよ！　お金であの可愛らしさを見られるなら、どんどんお金使っちゃえ！　ってことなんだよ！　うんうん。昔の人は、いいこと言うよね。皆《みんな》も、動物には優《やさ》しくするんだよ？　碧陽学園は、猫を、応援《おうえん》しております。

じゃ、次。

「海老《えび》で鯛《たい》を釣《つ》る」

私は海老が好き！　甘い海老が好き！　鯛はそんなに好きでもない！　ということで、このことわざの意味は、「余計なことしてないで、目の前のものを食べちゃえ！」ってことだと思うよ。うん。調べてないけど、絶対そうだよ。

考えてみれば、思い当たることばかりだよ。美味《おい》しいおかずを最後に食べようととっておいたら、誰《だれ》かにひょいとつまみぐいされちゃって、「あれ、いらないのかと思った」とか言われること、あるからね！　好きなものは、ごちゃごちゃ考えず、ぱくっと食べちゃおー！

それでは、海老で鯛を釣る……実に深い言葉だよ。

次いくよ。

「笑う門《かど》には福来《きた》る」

字からしてめでたい感じがするよね。いい言葉だよ。略して「わらふく」。うんうん、略しても、なんかめでたいよ。

「わらふくわらふく」

「わらふく？」

「わらふくっ、わらふくっ」

「わらふくぅー！」

いやー、めでたいね。来年の流行語《りゅうこう》がこれだったら、日本はとても明るくなるよね！

……え？　意味？

…………。

そ、そんなの、各自で調べなよ！　会長は、忙《いそが》しいんだからね！　ぷんぷん！

つ、次！

「類は友を呼ぶ」

これ解説しようとしてたら、通りかかったクラスメイトに、「まさに生徒会のことだね」って言われたよ。……よく意味が分からないよ。確かに美少女の集まりだけど、杉崎《すぎさき》とまで同類にされるのは激しく心外だしっ！　あと、私はさっきから言っているように「神」だもん！　唯一《ゆいいつ》絶対の存在だもん！

……あ、「類は友を呼ぶ」の意味だけどね。えーと……うん。「あ、キミもメロンパン好きなの？　俺《おれ》もなんだよ。……え、お前も？　ええっ！　貴方《あなた》もですかっ⁉」みたいなことだと思うよ、うん。……詳《くわ》しくは自分で調べてっ！

次！

「焼け石に水」

ジューッってなるんだよ！　ジューッて！　石油ストーブの上に水滴《すいてき》垂《た》らしたら、ジューッてなるんだよ！　子供のころやりまくって、お母さんに怒《おこ》られたよ……。だから、そういう意味だと思う。「焼けた石に水かけたら、怒られちゃうから、やめておきましょう」ということだと思う。

あれ？　でも……消防士のおじさん達は、焼けた石どころか、木材にもコンクリートにも水ばしゃばしゃかけているのに、怒られてないよね……。むむむ。ミステリーだよ。

やっぱり、「焼けた石には、水かけちゃえ！」という意味かもしれない。だって危ないもんね、焼けた石。ジューッてなっちゃうけど、かけないよりは、かけた方がマシだよね。

というわけで、これの意味は、「いくら無駄《むだ》だと言われても……俺は、最後まで諦《あきら》めないぜ！」っていう、深夏《みなつ》好みの、とても熱いことわざだったんだよ！

え？　私が怒られたことの解釈《かいしゃく》？…………。……知らないよ、そんなの！　うちのお母さんに聞いてよ！

次！

「明鏡止水《めいきょうしすい》」

カッコイイよね、明鏡止水！

主《おも》な使い方としては、「桜野流剣術《けんじゅつ》　最終奥義《おうぎ》……『明鏡止水！』」という感じだよ。

意味？　意味なんてどうでもいいんだよ！　無粋《ぶすい》だよ！　必殺技名《ひっさつわざ》に意味を訊《たず》ねるなんて、無粋にも程があるよ！　反省して！　この文章読む度《たび》に反省して！

明るい鏡が、止まる水なんだよ！　意味なんて分からないよ！　でも、カッコイイからいいんだよ！　世の中、そうやって出来てるんだよ！　大抵《たいてい》の漫画《まんが》やゲームの必殺技名に、そんなに意味なんかないよ！　結局字面《じづら》だよ！　字面が世界を制すんだよ！

ちなみに、「百花繚乱《ひゃっかりょうらん》」とかもそれっぽいよね。意味？　だから、何度言ったら……。

次。


「猿《さる》も木から落ちる」


けしからん言葉だよ。残酷《ざんこく》だよ。なんでそんなこと言うの……ぐすん。涙《なみだ》出てきたよ。

可哀想《かわいそう》だよ、お猿さん。なんで木から落ちちゃう、なんて不吉《ふきつ》なこと言うの、昔の人……。これに関しては、私、徹底抗戦《てっていこうせん》だよ！

お猿さんは、木から落ちたりしないよ！　見たことないもん、落ちたとこ！

つまり、この言葉の意味は「憶測《おくそく》で変なこと言っちゃ駄目《だめ》！」ということだね。マイナス思考も、ここまで来ると、罪《つみ》だよ。お猿さんは木から落ちないよ！　落ちないと信じるんだよ！　信じることが大事って、よく漫画でも言うし！

もう、悲しくなるから次だよ、次。

「糠《ぬか》に釘《くぎ》」

…………。……ぶるぶるぶるぶる。恐《おそ》ろしい言葉だよ。昔からあったんだね……こういう犯罪。怖《こわ》いね。人間って怖いね。最近で言うところの、「パンに縫《ぬ》い針《ばり》が混入！」と同じ……いや、釘だから、それ以上の事態《じたい》だよね。怖いよね……昔の人。悪意が、ハンパないよね。釘だよ、釘。どれだけ恨《うら》んでいたんだろうね……。

これと似《に》た言葉として、知弦《ちづる》に「暖簾《のれん》に腕押《うでお》し」というのも教えられたんだけど……これはこれで怖いよね。なんで暖簾を腕で押しているんだろうね。奇行《きこう》だよね。危ない人だよね。ぐいぐい行ってるんだろうね。ぐいぐい。酔《よ》っぱらいだよね。関《かか》わらない方がいいよね。

さて、いよいよ最後の慣用句となりました。最後はやっぱり、引き締《し》まる慣用句がいいよね！　というわけで、これでどう！

「宵越《よいご》しの銭《ぜに》は持たぬ」

……あ、ごめん、間違《まちが》った。これは、私の生き方だった。訂正訂正《ていせい》。てへ☆

本当に言いたかったのは、こっち！

「初心忘るべからず」

これは、あらゆる人に、いつも必要な言葉だと思うよ。新入生の人も、上級生の人も。この言葉を胸に抱いておいて、絶対損《そん》はないと思うの。

あのね、でも、ずっと初心のままでいろってことではないよ。人は、成長するもん。初心でいたら駄目なことだって、たーくさんあると思う。だからこそ、「忘れるな」ってことなんだよ。そのままでいる必要はないけど、覚えてはおこうね。新入生の人は、今の気持ち、ちゃんと胸に刻《きざ》みつけておいたら、いいと思うよ。

ま、私は忘れたけどね！ 会長になる前の、一般《いっぱん》生徒だったころの気持ちなんて！ 会長最高ー！ 会長職、楽しぃー！ 私は神！ 神なのだぁ！

じゃ、そんなところで！ わらふく！

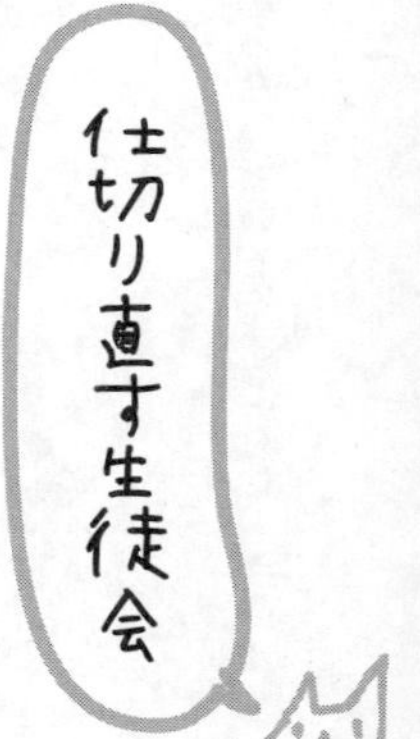

「これさえ読めば生徒会の全てが！
……分からねぇだろうな」
by深夏

【仕切り直す生徒会】


「人は、分かり合う努力をしていくべきなのよ！」

会長がいつものように小さな胸を張ってなにかの本の受け売りを偉《えら》そうに語っていた。

今日の生徒会室は暖房《だんぼう》が効《き》きすぎているせいか、妙《みょう》に頭がぽわんとする。そこにつけて、会長の、代《か》わり映《ば》えしない名言。

俺《おれ》はダラッと背もたれに体重を預けて、気怠《けだる》く返した。

「なーんか、そんな名言、前も聞いたような聞いてないような……」

俺のその言葉に、珍《めずら》しく知弦《ちづる》さんも同意してくれる。

「そうね。アカちゃんの発言はいつも思いつきだからね。ほら、この前の会議だって――」

「すとぉ――――――――っぷ！」

「？」

知弦さんの言葉を、唐突《とうとつ》に会長が遮《さえぎ》った。事情が分からないでいる俺達に対し、会長は立ち上がったまま、机をバンッと叩《たた》いてくる。

「こういうのは、もうやめよう！　よくない！　うん、よくない！」

「？　はあ？」

会長の意味不明発言に、俺の隣《となり》に座《すわ》っている深夏《みなつ》が疑問の声をあげる。すると、会長は彼女の方をギンと強い視線で睨《にら》んだ。そして——

「なにか異議があるの？　二年で副会長で男口調、スポーツが得意で熱血漫画《ねっけつまんが》が好きな、椎名《しいな》深夏！」

「なんで急に説明口調⁉　ど、どうしたんだ、会長さん！」

「そ、そうですよ。一体どうしたんです、会長さん」

訊《たず》ねる真冬《まふゆ》ちゃんに、会長はまたも厳《きび》しい視線。

「あら。そっちに座っているのは、深夏の妹で一年生、会計でオタクでBL好きな病弱少女、椎名真冬ちゃんじゃない」

「な、なんなんですか、一体。気持ち悪いですよ……」

「そうよ、アカちゃん。どうしたの？　熱でも……」

「ないよ！　私の親友で三年、書記で黒髪長髪《くろかみちょうはつ》でナイスバディだけどドSで黒いクールビューティ、紅葉《あかば》知弦その人は黙《だま》っていて！」

「え、あ、えと」

あまりの意味不明さに、遂《つい》には知弦さんまでも動揺《どうよう》してしまっていた。……いつも暴走気味の会長だが、今日は本気でワケが分からない。女性陣《じん》がすっかり動揺しているため、俺はハーレムの主《あるじ》として、責任をもって会長に対処することにした。

「ちょっと会長。いいから、一旦《いったん》落ち着いて下さい」

「なによ、私は落ち着いてるわよ。なんかエロい人」

「俺だけ端的《たんてき》！　逆にショック！」

「あ、そうそう、二年生で副会長で深夏のクラスメイトで……ええと……昔二股《ふたまた》かけてて、今は性欲魔神《せいよくまじん》でセクハラ男で、えっちで、アホで、えっちで、えっちな最低男、杉崎鍵《すぎさきけん》被告《ひこく》じゃない」

「被告ではないです！　あと俺の説明後半最悪ですね！　その通りだけども！」

「まあとにかく、えっちなキャラの杉崎。どうしたの？」

「いやいや、あんたがどうしたんだ！　なんでいちいち説明口調⁉」

「あ、それはね……。と、くりむは室内を一度見渡《みわた》して、微笑《ほほえ》みを浮《う》かべる」

「なんか遂には某《ぼう》禁書○録の『ミサカは』みたいなキャラになってません⁉　ちょ、ホントに、なんなんですかっ！」

俺達の疑問に、会長は一度ため息をついた後、極《きわ》めて堂々とした様子で、宣言した。

「全《すべ》ては、この作品を『わかりやすく』するためよ！」

「わかりやすく……ですか？」

真冬ちゃんが訊ねる。すると、会長はようやく椅子《いす》につき、腕を組んで妙に賢《かしこ》そうなオーラを出しながら、説明を始めた。

「そう。最近の私達は、初心を忘れてると思ってね」

「あれ、会長さん。前も初心がどうこうという名言から会議をしたじゃ――」

「深夏！」

「は、はい！」

唐突な会長の怒声《どせい》に、流石《さすが》の深夏も背筋をピンと伸《の》ばす。

「そういうのが、駄目なんだよ！」

「え、えと……なにが、でしょう」

「そういう……前の話とか持ち出すの！　初見《しょけん》の人が、置いてかれちゃうでしょう！」

「？　初見の人？」

「そう」

　会長はそこで、深夏だけじゃなく、俺達全員に視線を行き渡らせる。

「最近の私達の会話って、ハードルが高すぎると思うの！　特にドラマガ読者さんに対して、配慮《はいりょ》がなってないわ！」

「ん？　あれ？　でも真冬、前もドラマガさん掲載《けいさい》の会議で、こんな言葉を聞いたような……」

「真冬ちゃん！　だからそういうのが、駄目なのよ！」

「いや、でも、同じドラマガ掲載の内容なら――」

「駄目！」

「うぅ、会長さんがいつになく厳しいです……」

「その『いつになく』っていう発言も、前を感じさせるから、メッ！」

「そ、そんな……」

　涙目《なみだめ》の真冬ちゃんを見て、俺達他メンバーも表情をひきつらせる。今日の会長は、いつもの二割増しで理不尽《りふじん》だ。

　皆《みんな》が黙り込んでしまっていると、ようやく少し気を緩《ゆる》めたらしい会長が、嘆息《たんそく》混じりに説明してきた。

「もうじきアニメが始まるって時期でしょう、このドラマガ」

それに、俺が応じる。

「ああ、この会議を小説化したものが、載《の》るのは……丁度《ちょうど》それぐらいですかね」

「だからこそ、この号から、『生徒会の一存』に入ってくる人も、多いはずなのよ」

「ああ……なるほど、そういうことですか」

ようやく、会長が何を言いたいのか分かってきた。相変わらず、説明が後回しすぎる人だ。つまり、今回初めてこのシリーズを読む読者さんが多そうだから、過去の話題NG、キャラ説明多めでお送りしていこうとしていたらしい。

事態《じたい》を理解した上で、やはり不満そうな深夏が、口を尖《とが》らせる。

「んなこと別に気にしなくていいじゃねぇか」

「深夏……なんてことを！　読者さんをないがしろにしようなんて！」

「いや、そういうことじゃなくてさぁ。そもそも、あたし達の会議をそのまま、ドキュメンタリー的に小説にするのが、この作品だろ？」

「お、深夏、今の発言はいいわ。シリーズの設定再確認ね！」

「いいよそういう評価！　とにかく！　小説にする時になんか手を加えるならまだしも、このリアル会議からして気ぃ遣《つか》って喋《しゃべ》るのは、なんか違《ちが》うんじゃねぇの？」

「……椎名深夏は、副会長で、とても冷たい子だ。心が、貧《まず》しいのだ」

「ちょ、説明つけ加えんな！」

「なによ、深夏。新規読者さんなんて、気にしないんでしょ？」

「く……」

これまた珍しく、深夏が会長にやり込められてしまっていた。まあ仕方ないだろう。無茶苦茶っちゃ無茶苦茶だが、今回の会長の論理は、そこそこ正論でもある。新規読者さんへの配慮自体は、悪いことじゃあないのだから。

深夏の様子を見て、俺達他のメンバーも、もう反論は控《ひか》えることにした。こうなったら、とりあえず会長のルールに従って会議を進める方が、楽ってもんだ。なに、昔の話を出さないぐらい、そう難《むずか》しいことでもないだろう。

俺は「それで」と仕切り直した。

「具体的に、どうするんです？　新規読者さんへの配慮。実際キャラ説明は会長がもうやったし、もう他にすることも……」

「それを考えるのが、今日の会議なんじゃない！」

「……そうなんですか」

「じゃ、なんか意見ある人ー」

そう急に振《ふ》られても、そんなのそうそうあるわけが——

「はい！　真冬、あります！」

「真冬ちゃん、順応早《じゅんのう》っ！」

俺の驚愕《きょうがく》に、真冬ちゃんはふふんと笑う。

「真冬、やってみたいことを思いついたのです。新規読者さんが読むであろう、この会議で。……こほん。ここは一つ、リセットしてみたらいかがでしょうか！」

「リセットって、何を？」

俺の質問に、真冬ちゃんは楽しげな様子で、提言してきた！

「一旦、今までに培《つちか》われた友情、愛情、信頼《しんらい》関係を、全てリセットしてみましょう！」

＊

「……えー、こほん。そんなわけで、今日の会議テーマは、新規読者さんへの配慮よ」

会長が、ちょっと遠慮《えんりょ》した様子で告げてくる。それに対し、なぜか眼鏡《めがね》をかけた知弦さんが、表情一つ変えず冷徹《れいてつ》な視線を飛ばした。

「少しいいかしら、桜野《さくらの》さん」

「桜野さん!?　え、あ、うん。い、いいよ知弦……じゃなくて、紅葉さん」

「では言わせて貰《もら》いますが。今日の会議テーマは、少々曖昧《あいまい》ではないかしら」

「そ……そうかな。そこはほら、皆と話し合う中で……」

「……ふぅ。そうですか。いえ、いいですよ、会長さんが、そういう方針《ほうしん》なら」

「あ、そ、そう……。…………。……いや、あの、やっぱり言いたいことあるなら……」

「いえ。どうぞ、好きに進めて下さい。……ふぅ」

「う、うん、ならいいけど。え、えーと……じゃ、早速《さっそく》、意見ある人ー！」

『…………』

「え、えーと、なにか、ない……かな？　な、なんでもいいよー？」

会長のその言葉に、俺が、おずおずと発言する。

「あ、はい、会長」

「お、なにかな、杉崎……君」

「あの、新規読者さんへの配慮なんかより、俺ともっとキャッキャウフフと……」

『…………』

周囲から向けられる、とてつもなく冷《さ》めた視線。……折れるナンパ精神。

会長が、なにかを期待した様子でこちらを見ている。

「きゃ、キャッキャウフフと？」

ああ……これは、元気よくツッコンで空気を変える気満々の目だ。………。

「……ごめん、会長。……なんでも、ないです」

「なんでもないの!?」

「ええ」

「そ、そう……。……ええと……じゃあ、他に、意見ある人ー」

『…………』

「あ、その、椎名さん姉妹は、なにか……」

会長のその振り方に、深夏がギロリと睨《にら》み付ける。

「姉妹っていうその括《くく》り方、気にいらねーんだが」

真冬ちゃんも、それに同意する。

「真冬もです。会長さん、真冬達が後輩《こうはい》だからって、甘く見てらっしゃるんですか？」

「え？　ご、ごめん、そういうつもりじゃ……」

「なら、いいけど。そもそもあたし、こんなオタクな真冬と姉妹なこととか、学校じゃあまり知られたくねぇーんだよな」

「ふん、真冬の方こそです。こんなガサツな姉と血が繋《つな》がっているなんて……学校じゃなくても、否定したいところですね」

『…………』

ギスギスギスギスギスギスギスギスギスギスギスギスギスギス。

会長が、大量の汗《あせ》をかき始める。

「じゃ、じゃあ、私が意見出しちゃおうかな、うん。えーと、そうだね。もっと、描写《びょうしゃ》を分かりやすくね……」

「はい、決定」

「え」

知弦さんが会長の意見を唐突《とうとつ》に承認し、そして、会長の戸惑《とまど》いも無視して話を進めていく。

「では、この件はこれで終わりでよろしいですね、会長」

「え、いや、あの、皆でもっと話し合いを……」

「しなくてもいいんじゃねーのぉ？　かったりぃ」

深夏が椅子《いす》の後ろ脚《あし》でバランスを取るような座り方をしながら、机に足をかけ、やる気ない口調で知弦さんに同意する。

そして、それに真冬ちゃんものっかった。

「会長さんの意見でいいって言ってるんですから、それで、いいじゃないですか」

「あ、えと、その、それは、そうなんだけどぉ……」

弱気になる会長に、俺は、心を鬼《おに》にして、追い打ちをかける。

「じゃあ俺、次からもう少し分かりやすい文になるよう気をつけますんで。そういうことで、次の議題に行きましょうか」

「う……」

「なんですか、会長。言う通りにするって、言ってるじゃないですか――」

――と、そこで、遂《つい》に。

「う……うぇえええええええええええええええええええええええええええん！」

『！』

会長が泣き出してしまった！　この設定、急遽《きゅうきょ》中断！

＊

「ひっく……ひっく……皆《みんな》が……皆が冷たい……冷たいよぅ……ひっく」

「あ、アカちゃん、ほら、落ち着いて。よーしよしよし。寂《さび》しかったでちゅね？」

「うぅ、知弦ぅ、知弦ぅ……。……ぽいっちょ」

会長は知弦さんの眼鏡をちゃっと外し机の方に投《な》げ捨《す》て、それからその豊満《ほうまん》な胸に顔をうずめて甘え始めた。知弦さんはと言えば、なんだか妙《みょう》に幸福そうな顔をしながら、会長をあやしている。……ドS嗜好《しこう》と可愛いモノ好きがどちらも同時に満たされるという珍《めずら》しい状況《じょうきょう》に、現在、これ以上ないぐらいの恍惚《こうこつ》の中にいるのだろう。

まあそんな知弦さんは例外として。俺と椎名姉妹は、正直《しょうじき》、罪悪《ざいあく》感に苛《さいな》まれていた。

「ま、真冬、悪気はなかったのですが……」

「あたしもだぜ……。まさか、あんなに悲しまれるなんて……」

「うぅ、ハーレムの主として、俺はなんてことを……」

どよーんとした空気が漂《ただよ》う。その様子を見ていたらしい、一人上機嫌《じょうきげん》な知弦さんが、「まあまあ」とフォローしてくれた。

「設定に従って演じただけなんだから、誰《だれ》も悪くないわよ。アカちゃんだってその辺のこぐらいちゃんと分かっていて、誰のことも恨《うら》んでなんか――」

「ひっく……ひっく……生徒会なんて、もう、大キライだよぉ……」

『！』

「あ、だ、大丈夫《だいじょうぶ》よ、三人とも。ほら、そんな青い顔しないで……ね？」

『………』

知弦さんが必死でフォローしてくれているものの、俺達は、やっぱり「どよーん」としていた。

「真冬が……真冬がこんな関係性でやろうなんて、言わなければ……」

「あたしは最低だ。熱血道を志《こころざ》す者として、子供を泣かすなんてあるまじき行為《こうい》……」

「俺は……愛する人に、なんて仕打ちを……」

三人、揃《そろ》って頭を抱《かか》える。

「……揃いも揃って全員面倒臭《めんどうくさ》い子たちね……」

知弦さんが一人、大きくため息をついていた。


そんなこんなで、生徒会の空気が回復するまで三十分程経《た》ちまして。

「関係性のリセットはとっても悲しかったから却下《きゃっか》！　というわけで、他に新規読者さんへの配慮《はいりょ》に関する意見、ある人ー！」

会長も俺達もようやく立ち直り、会議が再開される。ムードは最悪だったとはいえ一応三十分考える時間があったおかげで、今度は真冬ちゃんを除《のぞ》く全員……俺、深夏、知弦さんが意見を持って挙手していた。罪滅《つみほろ》ぼし的な意味での、積極的参加である。

「じゃあ、深夏！」

会長に当てられた深夏は、ガタンと椅子をならして立ち上がり、自信満々で自分の意見を言う。

「やっぱ、キャラ説明云々《うんぬん》の前に、大前提として、この物語の目的を読者に提示するのが、大事だと思うぜ！」

深夏のその意見に、俺は「目的って……」と口を出す。

「俺のハーレム完成のことか？」

「違《ちげ》ぇよ！　それはお前の目的であって、シリーズの目的じゃねーだろうが！」

「そんなことないだろ！　俺主人公だぜ？　主人公の目的は、シリーズの目的だろう」

「わかってねぇなぁ、鍵。最初は復讐《ふくしゅう》が目的だった主人公が、最終的に愛する者を守るために戦う……そんな物語だって、あるじゃねーか。つまり、主人公の目的と、シリーズで描《えが》くテーマは、必ずしも一致《いっち》しないんだぜ！」

「いや、言ってることは分かるけど、とりあえず、復讐とハーレム思想を同列に捉《とら》えるのはやめてくれ。俺の目的、そんなに悪いかね」

「……あたしはお前がいつか改心してくれると、信じてるぜ！」

「改心って言葉が出るほど、俺の目的は悪ですかねぇ！」

「ああ、世界を裏から支配し、目的達成のためなら法を犯し凶悪《きょうあく》な犯罪に手を染めることをも厭《いと》わない組織のトップ……とかと、同じぐらいじゃねえかな」

「巨悪《きょあく》！」

「とにかくだ。このシリーズの目的は、鍵のハーレム達成なんかじゃないだろ」

「……じゃあ、百歩譲《ゆず》って、そうじゃなかったとしてだ。だったら、この物語にそもそも目的なんて無いだろう。俺達の日常を、あるがままに綴《つづ》っているだけなんだから……」

俺のその言葉に、会長も知弦さんも真冬ちゃんも頷《うなず》く。そう、本来、「生徒会の一存」シリーズは本当に目的なんて無い話だ。基本ドキュメンタリー。生徒会室で駄弁《だべ》って、それを文章にして、終わり。それ以外に何も無い。

しかし深夏は、ふっと不敵《ふてき》に笑うと、直後に全力で叫《さけ》んだ！

「新規読者さんに告ぐ！　この物語の真の目的は、『戦争根絶《こんぜつ》』だ！」

『そうだったの⁉』

今明かされる、衝撃《しょうげき》の事実！　高校生達が駄弁っているだけと思われた「生徒会の一存」は、非常に高尚《こうしょう》なテーマの下《もと》描かれていた！

深夏が、新規読者さんへと向けて（あさっての方向を向いて）解説を開始する！

「いいか、新規読者諸君《しょくん》。ここまでのページを読んで、キミ達は、一体何を感じた？」

「いや、『なんか落ち着きの無い集団だなぁ』としか思ってないんじゃ……」

「そうだな。平和の尊《とうと》さを、ひしひしと感じたよな？」

「どの辺から⁉」

どうやら、俺のツッコミは一切《いっさい》耳に入ってないらしい。深夏は、滔々《とうとう》と続ける。

「既《すで》に諸君らもその身で感じている通り、まさに、この物語の目的はそこにある」

「ねぇよ」

「シリーズを通して描かれているのは、常に平和への祈《いの》りであり、そして熱き闘争《とうそう》だ」

「闘争描かれてんじゃねぇかよ！　もうぶれてんだろう、テーマ！」

「拳《こぶし》と拳のぶつかりあい、暴力による心の接触《せっしょく》、強敵を撃破《げきは》する爽快感《そうかいかん》。そういったものをシリーズから感じ取って貰《もら》えると、あたしは、嬉《うれ》しく思う」

「そんな内容どこかにあったっけ⁉　そして戦争根絶はどこいった！」

「戦いこそ、正義。それが、このシリーズであたしが伝えたいことだ」

「戦争根絶、ホントにどこ行ったんだよ！」

「そんなわけで、ここから入る新規読者諸君は、是非《ぜひ》、そういう目線で、シリーズやアニメを鑑賞《かんしょう》していって欲しいと、切《せつ》に願う」

「そんなこと切に願わないでくれる⁉」

「ちなみに、一巻の見所は、最強の能力者、『残響死滅《エコー・オブ・デス》』との熱いバトルだ！」

「そういう告知すんな！　ただでさえ口絵のイラストで、読者に結構誤解与《あた》えてんだから、あのネタ！」

「三巻では、あたしことガクエンジャーイエローが、最強最悪の魔物《まもの》『グルリエル』を撃破するという描写《びょうしゃ》まである」

「ああっ、それは確かにあるけどもっ！　生徒会の主題って、絶対そこじゃないと思うんだがっ！」

「五巻は鍵と会長さんの『デュエル』まで、ある。味方同士で戦う展開……くうっ！　熱いぜ！」

「あれ、そんな熱かったでしたっけねぇ⁉」

「その他、『生徒会の一存』シリーズには沢山《たくさん》の手に汗握《あせにぎ》る展開、そして、壮大《そうだい》な伏線《ふくせん》がっ！」

「ないだろ……」

「《十人委員会》《十異世界》《閃閃風神《ライジングエア》》《人類脱皮《だっぴ》計画》《ルシフェル》《オメガ》」

「ああっ！　なんてことだっ！　明らかに詐欺《さぎ》だというのに、しかしそれらの単語が全てシリーズに出てくるという、このどうしようもない事実っ！」

「以上。これが、あたしからお前達に伝えられる、最後の言葉だ」

「急にどうした！」

「……お前達と一緒《いっしょ》にいられないこと……本当にすまないと思う」

「バウアーさん⁉　っていうか、なにこのセリフだけ熱い展開！　新規読者さんにこんなんが生徒会だと思われたら、イヤなんですけど！」

「アニメ版である、『生徒会の一存〜ファイナル・ウォー〜』も、近日、オンエア開始」

「しねぇよ⁉　なに勝手なシリーズ展開してんの⁉」

「『生き残るのは、誰だ』」

「なにそのキャッチコピー！　っていうか、新規読者さんに嘘つくのはやめろ！」

俺の健気《けなげ》なツッコミに、深夏はようやく「うるせぇなぁ」と反応してくれた。

「なんだよ、鍵。あたしが、折角《せっかく》新規読者さんにシリーズの目的、概要《がいよう》を説明してやってるというのに……」

「いやいやいやいや、その導入《どうにゅう》で入って来られても困るんですけど！　期待に、何一つ応《こた》えられやしないんですけどっ！」

「まあ、物語から何を感じ、何を学ぶかなんて、人それぞれだかんな」

「言っちゃった！　約一ページにわたるこのやりとり、全部無駄《むだ》！」

「ぶっちゃけ、『生徒会の一存』って、無理矢理テーマこじつけでもしないと、ホント、なにもねぇからな」

「その通りだけども！　俺もそう言ったけども！　でも、流石《さすが》にそういう言い方は、新規読者さんの前でしないでくれるかなぁ！」

「読者さん側でテーマ設定しないと、本気で何も得られないから気をつけろ！　と、あたしは伝えたかったんだ」

「それはご丁寧《ていねい》に、ありがとうございますねぇ！」

そうして、結局本気で得るものの無かった深夏の提案が終了《しゆうりよう》する。

皆が苦笑《にがわら》いの中……会長はこほんと咳払《せきばら》いして、再度、仕切り直し。

「他に意見、ある人ー！」

今度は俺と知弦さんが挙手。

「じゃあ、知弦」

会長に当てられ、知弦さんがスッと立ち上がった。

「新規読者さんへの配慮ということなら。キャラ説明、関係性提示、テーマ説明以上に、もっと最優先ですることがあるんじゃないかしら、アカちゃん」

「へ？　なんだろう……」

　ぱっと思いつかない会長や俺達に、知弦さんは、堂々とした様子で告げてくる。

「設定説明よ」


「せ、設定？　いや、それは確かに大事だけど……ええと、説明するようなことあったっけ？　見て分かる通り、『生徒会室で喋《しゃべ》ってるよ』ということだけだと思うんだけど」

「ふ……そんなことだから、アカちゃんは胸が大きくならないのよ」

「がーん！　そ、そうだったのかぁー！」

　斬新《ざんしん》なつるぺた原因だった。

「設定説明を甘く見てはいけないわ。ドラ○もんを見てみなさい。あれが二十二世紀から来たネコ型ロボットだという設定を把握《はあく》してなければ、視聴者《しちょう》の目には『いじめに苦しんだの○太君が、ついには《青い、ヒトではない友人》という幻覚《げんかく》に逃避《とうひ》、それに縋《すが》って日々生きていく物語』という風にしか映《うつ》らないと思うわよ」

「そんな歪《ゆが》んだ見方は知弦しかしないと思うよ！」

「とにかく、設定説明は大事なのよ、アカちゃん。それに、皆《みんな》も」

そう言って、知弦さんは俺達の方も見てくる。会長同様、俺達も正直あまり納得《なっとく》はいってなかったが、知弦さんがもっともらしく言うので、渋々《しぶしぶ》、頷いておく。

その上で、俺は、やはり疑問の声をあげた。

「いや、まあそれは分かりましたけど。でも、生徒会に語っておくべき設定なんて、もうないんじゃないですか？『生徒会室で喋ってる』『それを小説にしてる』……ええと、もう充分じゃ？」

「そうかしら。まだ語ってない設定、沢山《たくさん》あるじゃない」

「？　そうですか？」

「ええ。まず、『キー君視点』ってことを、説明してないじゃない」

「え？　ああ、そうですね。俺が書いているんで、俺視点ですけど……。でもそれ、そんなに重要ですか？」

「ええ、重要よ。例《たと》えば、この生徒会の空気的なものは、必ずしも事実ではなくて、『キー君がそう感じている』というだけのこと、という話になってくるのよ」

「な、なにか問題でしょうか」

「……キー君は頭の中がおめでたいから……」

「！」

「気付かないんでしょうね……実際には、私達が、こんなにも冷たい視線で貴方《あなた》を見ていることに」

「な、なんですって！　まさか……そんな！　このライトノベルのジャンルが『美少女ハーレムもの』っぽいのは、あくまで俺の希望的観測だったとでもっ⁉」

「ふ……絵師さんの力、表紙の力って、偉大《いだい》よね」

「う、嘘だぁあああああああああああ！」

「新規読者さん。ちゃんと、この辺を把握しておかなきゃ駄目《だめ》よ。これは、一応ドキュメンタリーだけど、キー君が書いている物語でも、あるのよ」

知弦さんの語る「設定説明」に、俺は愕然《がくぜん》としていた。なんてこった……。俺は……俺というフィルターを通して、この世界を見ていただけだというのかっ！　メンバーから感じていた信頼《しんらい》や友情、ときめきは、全て、俺の妄想《もうそう》だったとでもいうのかっ！

「少なくとも『ときめき』は確実に妄想の部類だろうな」

隣《となり》の深夏が、俺の心を読んでツッコンできていた。ああ……そんな……。

「で、でも！　いくら俺というフィルターを通しているとはいえ、毎日、皆で楽しく会議しているのは、事実なはず！　それだけは、揺《ゆ》るがな――」

「設定説明その2。ちなみに『現実のキー君』は、現在、病院で植物状態よ」

「妄想かぁ――――――――――――! この物語、完膚《かんぷな》無きまでに俺の妄想かぁ――――――――――――――――――――――!」

「いわゆる、夢オチよね」

「いやいやいやいやいや! 新規読者さんに何言ってるんですかっ! っていうか、最初から夢オチだと思ってこの物語読み始めたら、結構感想変わってきちゃいますよ!」

「どんなに幸福そうな場面読んでも、笑える場面読んでも、『キー君、可哀想《かわいそう》……』となること請《う》け合いね」

「そんな同情は欲しくないっ! っつうか、新規読者さんへの説明どころか、世界観の基《き》盤《ばん》を根こそぎ揺るがすのはやめてくれませんかっ! 少なくとも、今日までそんな設定一回も出てきてないでしょう!」

「まあ、今明かす裏設定だからね」

「それを知ってるアンタは何者だという話ですよ!」

「私は、不定形思念生命体CHIZURUよ」

「更《さら》に明かされた、衝撃《しょうげき》の裏設定!」

「西暦《せいれき》二三四五年、人類の九割が死滅《しめつ》した世界にて、植物状態のキー君の精神にアクセスしてきているのが、つまり、私よ」

「ああっ！　どんどん衝撃の事実が明かされていくっ！　っていうか、もう、これは新規読者さんどころか、シリーズ読者さんさえついてこれてないでしょう！　なんせ、主人公である俺がそもそもついていけてないですからねっ！」

「現実って、残酷《ざんこく》よね」

「残酷なのは現実じゃなくて貴女《あなた》だと思います！　実際そういう設定だとしても、こんなところでサラッと明かさなくていいじゃん！　もっと、伏線敷《ふくせんし》いて、ゆっくり、ゆっくり、それこそライトノベル的に明かしてくれればいいじゃん！」

「イヤよ、そんなの、面倒臭《めんどうくさ》い」

「面倒臭い⁉」

「ええと、じゃあ、設定付け足しで。キー君の精神世界はループしてるんで、こういう説明しても、すぐキー君は忘れて、また普段《ふだん》の日常に戻《もど》ります」

「ああっ！　どんどん生徒会が深い話に！　っていうか、今付け足しって言いましたよね⁉　じゃあこれ全部、結局嘘なんじゃないですかっ！」

「……えーと……。じゃあ…………。…………………」

「今つじつま合わせ考えてますよねぇ⁉　作家的思考してますよねぇ⁉」

「違《ちが》うのよ、キー君。これは、罠《わな》よ」

「誰《だれ》の　なんのための⁉」

「全ては、ロ○ット団の仕業《しわざ》よ」

「なんでもロケッ○団が悪いで済《す》ませられると思ったら、大間違《おおまちが》いですよ！」

「じゃあ、暁《アカツキ》かしら」

「暁どんだけ暗躍《あんやく》してんだよ！　ナ○トの世界だけじゃ飽《あ》き足りませんかっ！」

「とにかく。設定説明、やっておいてよかったでしょう？　皆の知らないこと、沢山《たくさん》あって分かってくれたかと思うわ」

「知らないままの方が良かったですよ！　俺も、新規読者さんも大混乱！」

「まあ新規読者さんには、とりあえず『生徒会室で喋ってるだけ』ということを認識しておいて貰《もら》えれば、それでいいと思うわ」

「じゃあこのやりとりなんだったんですかっ！」

「戯《たわむ》れ」

「戯れ⁉」

「少なくとも、これで、『普段の生徒会活動がどんなものか』は、言葉で説明するより、うまく、伝わったんじゃないかしら」

「あ……」

知弦さんが、ニヤリと微笑《ほほえ》む。こ……この人！　相変わらず、策士というかなんというか……。いや、でも、よく考えると、もっと他にやりようあった気もするんだが。

「まったく。知弦さんも、人が悪い……」

「ごめんなさいね、キー君。新規読者さんのために、サラッと、真実話しちゃって」

「冗談《じょうだん》じゃなかったの!?」

なんか恐《おそ》ろしい捨てゼリフを吐《は》かれたが、とにもかくにも、知弦さんの提案はそれで終わりだった。

苦笑気味に様子を見守っていた会長が、「じゃあ」と仕切る。

「あと意見言ってないのは、杉崎だけだね」

「よし、遂《つい》に俺のターン！」

俺は勢《いきお》い良く立ち上がる！　しかし……。

「じゃあ、今日の会議……これにて終了！」

「こーらこらこらこら、そこのちびっこ！　イジメ、かっこわるい！」

「イジメじゃないよ。シカトだよ」

「なにその論理！　いいから、俺の意見も聞いて下さいよ！」

会長がえらく不満そうだった。口を可愛く尖《とが》らせて、文句を言ってくる。

「どうせ杉崎は……じゃなかった、えっちでえっちでえっちぃキャラの杉崎は、『分かりやすく露出《ろしゅつ》を多くしましょう！』みたいなことでも言うんでしょ？」

「……会長。まさか、貴女に『人の心を読む』という超能力《ちょうのうりょく》があったなんて……」

「そんな設定はないよ！　っていうか、どんだけ単純思考なのよ！」

「甘いですね会長。俺の思考回路は基本、まずはそっち方面に直結します！」

「なんか昔聞いた気がする言葉っ！　ある意味新規読者さん向けっ！」

「好きです、付き合って下さい」

「そして相変わらずの脈絡《みゃくらく》の無い唐突《とうとつ》な告白っ！」

「あれ？　そこは『にゃわ！』って反応しましょうよ。一話では、そうだったでしょう」

「いくら新規読者さん向けと言っても、第一話をなぞればいいってもんじゃないと思うよ！」

「……会長、変わっちゃったな……」

「そんなテンションで言われる筋合《すじあ》いないと思う！　毎日のように告白されてたら、もういちいち反応してられないよっ！」

「ええー」

「……あの頃《ころ》は、あんなに、『杉崎ぃ、杉崎ぃ』って、俺に懐《なつ》いてくれていたのに」

「どの頃の話⁉　新規読者さんに、架空《かくう》の過去話すり込むのやめてっ！」

「第三話では、初めてのキスも済ませた仲だというのに」

「なにその架空の第三話！　実際はラジオやってただけでしょう！」

「第六話なんか……ムフフ」

「トランプしてただけですけどっ！　ってていうか、さっきからなんなのよ、あんた！」

そう訊《たず》ねられて、俺は、改めて自分の意図《いと》を説明する。

「いや、キャラ説明やら設定説明やらという細かいことをするより、むしろ、今までの生徒会のあらまし、ダイジェストをお送りした方がいいかなと」

「何一つダイジェストになってないよ！」

「まあ一巻は基本、俺と会長のラブラブ話でしたよね」

「違うよっ！　むしろ無駄話《むだばなし》だよ！　あと杉崎のどーでもいい過去話だよ！」

「ど、どーでもいいって……。こほん。そ、それはそうと、二巻。懐かしいなぁ。あの巻で――」

「杉崎先輩《せんぱい》とラブラブの美少年、中目黒《なかめぐろ》先輩が初出だったんですよね！」

真冬ちゃんが急に発言してきた。知弦さんが「真冬ちゃんにとって二巻ってそういう印象なのね……」とショックを受けていたが、俺は俺で……。

「うん……そうだね……」

「ああっ⁉　杉崎のテンションがぐんぐん下がってるっ！　なんか妙《みょう》に可哀想だよっ！ほ、ほら、三巻の話でも、しよう？」

「うう、会長。そうですね。三巻……三巻は、そうそう――」

「真冬が初めてＲＰＧを作った巻ですっ！」

また真冬ちゃんが割り込んできていた。今度は深夏が「真冬にとってはそれが一番大事な話なのか……そうか……」と妙に黄昏《たそが》れていたが、俺は俺で……。

「まあ、基本そんなんだよね……生徒会って……そして現実って……。ハーレムだなんだ言っても、ほぼ全《すべ》ての話が、ただのどーでもいい雑談……そうさ……それが、真実さ……」

「ああっ！　また杉崎のテンションがっ！　ほ、ほら、じゃあ四巻の話でも……」

「四巻？　ああ四巻！　あの巻では遂に――」

「ぬこさんの日常が明らかにされましたです」

「…………」

俺は、仕方なく真冬ちゃんの方を向く。

「真冬ちゃん。キミは、『生徒会の一存』シリーズの捉《とら》え方が、若干《じゃっかん》アレだよね」

「先輩に言われたくはないです」

「いや、俺のもアレだけど。真冬ちゃんのは、なんかリアルに俺達の物語を甘く見てる感があるというか……」

俺がそう言うと、真冬ちゃんは、キョトンとした様子で、告げてきた。

「でもでも、『生徒会の一存』って、結局そういうことですよね？」

「え？」

真冬ちゃんの返しに、俺のみならず、皆《みんな》が戸惑《とまど》う。そんな中、彼女はまるで当然のことのように説明する。

「真冬の好きな『テレビゲーム』と同じことです」

「ゲームと同じ？」

「はい。テレビゲームって、別に、クリアしたからって、現実で何かが貰えるわけじゃないのです。でも、皆、笑顔で遊びます。それは、結局、無駄とか有意義とか、そういう理《り》屈《くつ》じゃないところに、価値があるんだと、真冬は思うのです」

「…………」

「生徒会のやりとりも同じです。多分、どーでもいいからこそ、面白《おもしろ》いんです。だから、真冬は、全然、なーんにも得るものなんかない日常こそが、『生徒会の一存』シリーズの主題だと思ってますよ？　皆《みな》さんは、違うんですか？」

「…………」

その言葉に。俺達は全員で視線を合わせ……そして、思わず、微笑みあう。

「ああ……そうだな、その通りだぜ、真冬」

「そうね。私達、真面目《まじめ》に考えすぎてたかもしれないわね」

「ですね。こんなくだらない……そしてなにより楽しい日常の説明なんて、それこそ、野《や》暮《ぼ》な話だったのかもしれない」

俺達のその言葉に。今回の議題を切り出した当人である会長は、しばし黙《だま》り込んだ末……バンッと机を叩《たた》き、思いっきり、立ち上がった！

そうして……カッと目を見開き、今日の結論を、告げる！

「新規読者の人！　これが生徒会！　以上！」

続けざまに、俺も一言！

「そう、新規読者諸君！　心に刻め！　これこそが俺のハーレ」

※綺麗《きれい》な締《し》めの途中《とちゅう》でしたが、語り部《べ》である杉崎鍵氏が某《ぼう》深夏氏に殴《なぐ》り倒《たお》されて意識を失ってしまったため、誠《まこと》に中途半端《ちゅうとはんぱ》ではございますが、この回の描写《びょうしゃ》をここで終わらせていただきます。
関係者各位にご迷惑《めいわく》をおかけ致《いた》しましたこと、生徒会一同深くお詫《わ》び申し上げます。

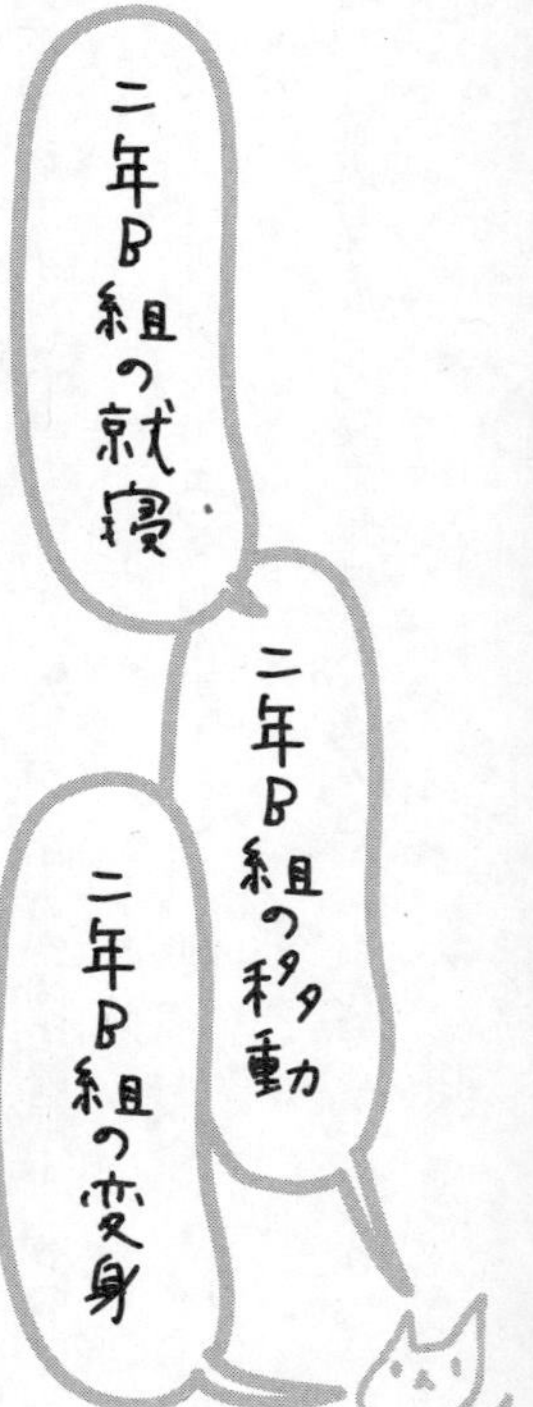

「学を修めると書いて修学旅行。
……お前ら、分かってるよな？」

by 真儀瑠紗鳥

【二年B組の就寝《しゅうしん》〜二年B組修学旅行　一日目　寝台《しんだい》列車編〜】

「それにしても、狭《せま》いよな」

通路を挟《はさ》んだ反対側の席から、既《すで》に何回聞いたか分からない深夏《みなつ》の文句が聞こえてくる。教員の指導《しどう》により全《すべ》ての寝台のカーテンが既に閉め切られてしまっているが、俺《おれ》は、すぐ傍《そば》に深夏が寝《ね》ているという事実に興奮《こうふん》しつつ、それに答えた。

「ふふふ、なんせ今や希少なものを無理矢理調達《ちょうたつ》した、『電車三段式』とかいう寝台列車だからな！」

「なんでお前はそんな嬉《うれ》しそうなんだよ！」

「そりゃお前、収容人数が多い方がいいじゃないか！　女子が沢山《たくさん》の空間で睡眠《すいみん》……夢のようだぜ！」

「男子も沢山いるじゃねえかよ。通路挟んでそっち側が男子、こっち側が女子っつう、わけのわからん構成だからな」

「本来なら、副会長権限で俺だけが女子の寝台車両に入り込みたかったんだが……これが限界だったんだ」

「やっぱりお前のせいかよ」

深夏にツッコまれながら、仰向《あおむ》けに寝て天井《てんじょう》を見る。天井と言っても、すぐ目の前だ。ちょっと起きたら、ごつんと頭が当たる。通路を挟んで三段ベッドが並ぶこの寝台車両は、ベッド幅《はば》こそそこそこあるが、上下の間隔《かんかく》が非常に狭い。本当に横になるためだけの空間と言える。俺と深夏は、通路を挟んでお互《たが》い三段寝台の一番上同士だった。

「皆と一緒《いっしょ》なんて、ボクちょっとドキドキだよ」

「あ、アイドルがこんなところ寝かせられるとか、意味がわからないわ……」

「こんだけ人数いると、思念がごちゃついてて落ち着かねぇなぁ」

ちなみに、俺の下の中段が中目黒《なかめぐろ》、下段が守《まもる》。深夏の下の中段が巡《めぐる》で、その下は使用禁止らしく誰《だれ》もいない。なんでなのか車掌《しゃしょう》さんに訊《たず》ねてみたが、一瞬《いっしゅん》暗い顔をしたので、それ以上は精神衛生上、深く訊《き》くのをやめておいた。

修学旅行一日目。

移動日と言うだけあって、特にこれといったイベントらしいイベントも無かった。青春を空回《からまわ》りさせて男子の精力を減退《げんたい》させるためとしか思えない伝統的欠陥《けっかん》スケジュールをこなし終え、夜も深まった現在。

それぞれ既に自分の寝台でカーテンを閉め切っており、そろそろウトウトする者も出始めている。そんな心地《ここち》よいまどろみ状態の中で、俺は今日の目標を達成するべく、サラリと自然に、深夏に声をかけてみた。

「深夏、そっち行っていい?」

「んー、ああ……って、いいわけあるかっ!」

なんか隣《となり》から《ガバッ、ドゴッ、「いったぁ!」》という音が聞こえてきた。うん、どうやら、深夏はまどろみから脱《だっ》してしまったようだ。可哀想《かわいそう》に。

「深夏、そんなに興奮すんなって」

「うるせぇよ! あー、もう、なんで男子女子一緒なんだよ!」

「何回言うんだそれ。カーテンで仕切られてるから、いいじゃないか、ある意味個室なんだし」

「そういう問題じゃねーだろ! っつうか、どうしてあたし以外は結構すんなり受け入れるんだよ! 二年B組、寛容《かんよう》すぎだろ!」

深夏の叫《さけ》びに対し、なんとなく同じ寝台に居《い》たクラスメイト達が全員「(異常事態《じたい》には慣《な》れてますんで……)」という心の呟《つぶや》きを漏《も》らしたのを感じた。実際、俺達がこんだけぎゃあぎゃあと騒《さわ》いでいても、気にせず普通《ふつう》に横になってるヤツらだ。今更《いまさら》、男女がちょっと一緒なだけで拒絶《きょぜつ》反応もなにもあるまい。

俺は、もう一度、深夏に声をかける。

「深夏。じゃあこっち来るか？」

「じゃあってなんだよ！　どっから話が繋《つな》がったんだよ！」

「声押し殺せば、大丈夫《だいじょうぶ》だから！」

「そこ心配してるんじゃねえよ！　気持ち悪いこと言うな！」

「そうよ杉崎《すぎさき》！」

深夏にアプローチをかけてたら、急に横やりが入った。これは、巡の声か。顔は見えないが、なぜか少々怒《おこ》っているようだ。

「どうせなら、私のところに来たらいいじゃない！」

「な、なに⁉」

「……うぅ。い、言っちゃった……遂《つい》に私……こんな大胆《だいたん》な……」

「お前、俺を密室に誘《さそ》いこんでどうするつもりだ！　やだ！　まだ死にたくない！」

「なんでこの話の流れでもそういう解釈《かいしゃく》になるのかしらねぇ！」

なんか巡が怒っていた。こ、怖《こえ》ぇ。相変わらずあいつ、怖ぇ。わっけわからん。

と、急にひょっこり下の段からカーテンの隙間《すきま》に入り込むように、中目黒が顔を覗《のぞ》かせてくる。

「杉崎君……だ、だったらボクのところに来る？」

「ギャ――――――――――――――――！」

「なんで悲鳴なの⁉」

「お帰り下され、お帰り下されぇ――――――！」

「どうして悪霊《あくりょう》に出会ったみたいな対処なの⁉　わかったよ……しゅん……」

中目黒はちょっとガッカリした様子で自分のベッドに戻《もど》っていった。あ、あいつはあいつで怖ぇな……。

「ふん、あたしの気持ちが分かったか！」

深夏がふて腐《くさ》れた様子で言ってくる。た、確かに少し分かったよ……。なぜか、男に対して警戒《けいかい》する乙女《おとめ》の気持ち、凄《すご》く、凄くよく理解出来てしまったよ……。

「おーい、あんまり騒ぐなよ。うっさいなぁ」

一番下の段から、守の声が聞こえてくる。あいつはもう寝ようとしているらしい。

「おいおい、守よ。もう寝るつもりか？」

「んだよ。いいだろ。寝台じゃ、特に遊ぶものもねえし」

「修学旅行の夜と言ったら、お前、徹夜《てつや》でとりとめもない会話してこそだろう」

「別にオレ、今更お前と話したいことなんて……」

「そんなことないだろう。例《たと》えば好きな……」

「好きな？　あ、す、好きな人か？　そ、その話は確かに……でも深夏の前じゃ……」

「好きな食べ物の話とか」

「本当にとりとめもねぇなっ！　わざわざ今日徹夜でする必要あるかなぁ、その話！」

「なんだよ。もっと有意義な話がしたいと？」

「そりゃお前、わざわざこうして起こされてんだから、それ相応の話をだな……」

「じゃあ、一般《いっぱん》相対性理論と量子論を整合させた量子重力理論について、それぞれの見地から語るか」

「有意義すぎるわ！　それ、貴重《きちょう》な修学旅行を消費してわざわざ語ることかなぁ！」

「じゃあお前にレベルを合わせて、う○ことち○こについて語るか」

「お前オレをどういう目で見てんだよ！　ああ……もう、なんか、怒《いか》りで目が冴《さ》えてきちまったよ……」

よし、計画通り。これで、班員達は全員目が覚めてるということで。折角《せっかく》なんだし、夜は色々語りたいじゃないか。そして、喋《しゃべ》る機会さえあれば、深夏を口説《くど》く機会もまた出てくるはず！　俺は、折角の修学旅行の夜を、もっと有意義なものにしてみせる！

「杉崎君、ボク、杉崎君とこんな夜中まで話せて、とても楽しいよ！」

中目黒がまた下からひょこっと顔を出してくる。………。

「よしっ、寝るかっ！」

「ええっ⁉」

中目黒が涙目《なみだめ》だった。……くそっ！　寝る前で眼鏡《めがね》をかけてなく、髪《かみ》も整えてない状態で、顔だけ見せられると……本格的に美少女っぽいぞお前！　危ない！　これは、凄く、危ない！

「おいおい、鍵《けん》。なんだよ急に。散々《さんざん》他人の目を覚ましておいて、今更《いまさら》寝るはないだろ」

「そ、そうよ杉崎。もっと、お話ししましょうよ」

「なんなんだよお前ら！　捻《ひね》くれ者かっ！　俺が引いた時だけ、食いついてきやがって！」

「杉崎君……」

「う。わ、分かったよ！　まだ寝ねぇよ！　だからほら、中目黒、自分のベッド戻れ！」

「う、うん！　えへへ。やっぱり杉崎君は優《やさ》しいなぁ」

「お前からの好感度だけ相変わらずぐんぐん上がるなっ！」

中目黒が自分のベッドに戻ると同時に、深夏が会話を始める。

「それにしても、今日は完全に移動日だから疲《つか》れたなぁ」

「そもそもこの日程がおかしいのよ！　どうしてこの時代に、飛行機じゃなくてわざわざ

寝台列車なのよ」

「オレは結構好きだぜ、列車の旅。なんかこう、情緒《じょうちょ》があって――」

「ZZZ……」

「オレの話はそんなにどうでもいいかよっ！　っていうか誰だ、わざわざ『ゼットゼットゼット』って口に出してるやつ！」

「あ、でもでも、帰りは飛行機なんだよね」

「ま、あたしは寝台列車初めてだったし、いい経験になったと言えばなったが……」

「深夏。経験ついでに、もう一つ、こっちのベッドに来て、ちょっと痛いけど気持ちいい、初めての経験をする気はないか？」

「OK。いいぜ。確かに憎《にく》いヤツを殴《なぐ》るのって、痛いけど気持ちいいもんな。よっこらせ」

「うん、いや、やっぱりいいです。こなくていいです」

「遠慮《えんりょ》すんなよ。思い出、体に刻《きざ》みつけてやるぜ」

「キャ――――！　やめてぇ――――！　ケダモノ――――！」

必死でカーテンを押さえて深夏の侵入《しんにゅう》を阻止《そし》する。すぐに諦《あきら》めた深夏は、嘆息《たんそく》して、自分のベッドに帰っていった。くそ……深夏の攻略《こうりゃく》は、やはり難易《なんい》度《ど》高いな。

そんなことをしていると、ふと、巡が声をかけてきた。

「ね、ねえ杉崎。人肌《ひとはだ》が恋《こい》しいなら……わ、私がそっちに行ってあげても、いいけど？」

「うちの班員女子は、暴力女子ばかりだな」

「なんで私までその括《くく》りなのよ！　私は深夏と違《ちが》うの！　そういう目的じゃないから！」

「え？　じゃあ、巡、お前、本気で……」

「う……うん……私……杉崎なら……いいかなって……」

　二人の間に漂《ただよ》う神妙《しんみょう》な空気。俺は、ごくりと喉《のど》を鳴らし、確認をとった。

「暴力どころか、殺人まで視野に入れてると⁉　俺みたいな虫ケラなら、もう殺してもいいかなと認識していると⁉」

「だからなんなのよその解釈！　ねえ！　もう頭きたわ！　こうなったら、無理矢理でもそっちに行って――」

「キャ――――！　やめてぇ――――！　ケダモノ――――！」

「だ、か、ら、誤解なんだって！」

　素早く通路に降《お》り立ち、こちらへのはしごを少し登った巡が、カーテンの端《はし》を引っ張《ぱ》る！

「嘘だ！　そんな、鬼《おに》のような形相《ぎょうそう》でカーテン開けようとして！」

「だーかーらー、私は――」

「はっ！　ということは、以前俺のおはぎに針《はり》を入れたのもまさか――」

「なんなのアンタのその私に対する前原《まえはら》さん状態！　完全に無実だから！」

「ごめんなさいごめんなさいごめんなさいごめんなさいごめんなさいごめんなさい」

「私の恋、どんだけ前途《ぜんと》多難なのよ！」

　俺の怯《おび》えた反応に対し、なんだか呆《あき》れたように、巡が引き下がって自分のベッドに戻っていく。ああ……ああ、怖《こわ》かった。すげぇ怖かった。あいつはもう、美少女なのに、俺の中では美少女のカテゴリじゃないな。うん。

「巡……」

「なによ」

　布団《ふとん》の中で丸まり、びくびく震《ふる》えながらも、かすれる声で告白しておく。

「お前は、俺にとって、とても特別な存在です」

「その言葉自体はなんだか凄く嬉《うれ》しいんですけどねぇ！」

　カーテンの隙間からそっと覗いたら、巡は笑顔で怒っていた。こ、怖い！　なにが地雷《じらい》なのか、全然分からない！　あいつの心だけは、全く読めんな！

　下の段の中目黒が「どうしてそこだけ鈍感《どんかん》なのかなぁ」と、なんだかよく分からない呟きを漏《も》らしていた。

　俺は、とにかく話題を逸《そ》らすことにする。

「な、なあ中目黒。たまにはお前発信の話題とか無いか？」

「ボク発信？」

「ああ。お前基本聞き役だろう。だから、お前がすいすい喋《しゃべ》れる話題でも、振《ふ》ってみろよ」

「う、うーん、ボクが沢山《たくさん》喋れる話題かぁ」

「なんでもいいわよ、下僕《げぼく》」

「そうだぜ、善樹《よしき》」

巡と深夏も後押しする。守だけは「オレの話は聞いてくれないくせに……」と拗《す》ねていたが、それはさておき、中目黒はしばし悩《なや》んだ末、切り出した。

「うん、じゃあ、ボクが前の学校で受けた陰湿《いんしつ》なイジメについてたっぷり一年分――」

『テンション下がるわ！』

全員から総ツッコミだった。班員どころか、この車両にいるクラスメイト全員からだった。俺は代表して指摘《してき》させて貰《もら》う。

「なんで修学旅行の夜に、その話題チョイスだよ！」

「え？　いや、これならボク、結構長時間すらすら喋れるなと……」

「どんだけ悲しい人生だよ！　他に長時間喋れること、ねぇのかよ！」

「それと同等以上というと……あ、あった！」

「なんだよ」

「杉崎君の魅力《みりょく》を語らせてくれたら、徹夜できるよ！」


『テンション下がるわ！』

またも全員からのツッコミだった。しかし俺はそれに若干《じゃっかん》反発する。

「いや、ここでテンション下がるというツッコミはおかしいだろう！　確かに気持ち悪いことこの上ないが、俺の魅力に関する話題というテーマ自体は、とてもいい――」

『ZZZ……』

「お前らチームワーク抜群《ばつぐん》ですね！」

なんなんだろう、このクラスは。

まあとにかく話題を仕切り直す。

「中目黒よ。他になにか、話題ないのか？」

「杉崎君……そんなにボクとピロートークがしたいの？」

「そういう言い方すんなよ！　確かに就寝前《しゅうしん》の会話だけどさ！」

「うーん。でも折角だから、こういう時じゃないとしない話とかしたいよね」

「それは同意するけど……例えば、なんだよ？」

「ボクの過去話はとっても不評みたいだけど……こう、ちょっとシリアス気味の話とかいいよね。なんか、青春って感じがするよっ！」

「おお、分かってるじゃねえか善樹！　あたしも、それには賛成だぜ！」

なんか深夏が食いついてきてしまった。仕方ないので、その話題で行くことにする。

「じゃあ、誰《だれ》か、シリアスに語りたいことある人ー」

「ふふふ、仕方ないわね。じゃあ、このトップアイドルたる私が、ここに至るまでの壮絶《そうぜつ》な半生を語ってあげようかしら」

なんか巡がノッてきてる。正直《しょうじき》うざいことこの上ないが、他に話がまとまっている人間もいないようなので、暇潰《ひまつぶ》しにちょっと聞いてみることにする。

「まあ、腐《くさ》っても確かにアイドル。それに至る物語は、そこそこ価値ありそうだな」

「ええ、勿論《もちろん》よ。全ての始まりは……そう、７〇５プロダクションでの、あるプロデューサーさんとの出逢《であ》いからだったわ」

「アイ〇ス出身!?　お前の所属事務所、ホントにあんの!?」

「私は日々アイドルになるため特訓したわ。プロデューサーさんがミニゲームに挑戦《ちょうせん》、高得点をとる度《たび》に、どんどん成長していったわ」

「確実にお前、なんか現実世界にはないプロダクション入ってるよねぇ!?」

「一時期は、ロボットに乗って闘《たたか》ったりもしたわ」

「ゼノ○ラシアまで網羅《もうら》!?」

「そんなこんなで、私は、短期間でここまでのアイドルとなることに成功したのよ」

「確かに他の人と一線を画《かく》している！　というか、常軌《じょうき》を逸《いっ》している！」

巡の異常な快進撃《かいしんげき》の影《かげ》には、若干の世界観超越《ちょうえつ》があったらしい。

巡は更《さら》に続ける。

「そんな風にしてアイドルになった私を、ある時、大きな悲劇が襲《おそ》ったわ」

「悲劇？」

「そう。弟の死よ」

「ちょっと待てコラ」

守が抗議《こうぎ》しているが、巡は構わず続けてきた。

「弟は……守は、私がアイドル業の疲《つか》れからちょっと目を離《はな》した隙《すき》に、プリンを喉につまらせて……」

「なにそのすんげぇ弱々しいオレの死因！　っていうかオレ死んでねぇし！」

「あれは、酷《ひど》い事件だったな……」

俺は神妙な声で返す。すると守が「いやいやいやいや！」とまた抗議してきた。

「なんで杉崎までノッてんの!?　オレ、プリンなんか喉につまらせてねぇよ！　なあ、深夏！」

「……早すぎるよな。まだ、十六だったんだぜ……」

「ええ!?」

深夏にまで裏切られた守は、ショックのためか、すっかり黙《だま》り込んでしまった。

巡の話は続く。

「そんな悲劇にもめげず、私は生きたわ。生きて、生きて、生きたわ。激動の昭和を、駆《か》け抜《ぬ》けたわ」

「駆け抜けたのか」

「戦争を生き延《の》び、貧《まず》しい国を渡《わた》り歩き、歌い、人々に希望を与《あた》えたわ」

「女子高生の話とは思えないな」

「親友に裏切られ、男に襲われかけ、不治《ふじ》の病《やまい》にかかり、記憶《きおく》を失い、アルコール中毒にまで落ちたわ」

「波瀾万丈《はらんばんじよう》だな」

「海が荒《あ》れ、山は鳴り、地は裂《さ》けたわ」

「超《ちよう》展開キタコレ」

「そして、今、私は、ここにいるの」

「そんな壮絶な人生の末に行き着いたのが、この狭《せま》い寝台車両《しんだいしやりよう》かよ」

「杉崎。退屈《たいくつ》でも平和な日常が、一番なのよ」

「おお、なんか色んな物語終わった後の主人公みたいな貫禄《かんろく》出してきたな」

「そんなわけで、私、星野《ほしの》巡はクラスメイトの杉崎鍵氏と結ばれ、永遠に、仲むつまじく過ごしましたとさ。終わり」

「なんかサラっとハッピーエンドに俺も巻き込まれたけど、まあ……いい話だったよ」

「どこが!?」

俺達が折角感動の嵐《あらし》に包まれているところに、守が文句を入れてくる。五月蠅《うるさ》いヤツだ。

俺は諭《さと》すように守に話しかけた。

「守。お前は、いつから感動的な話にケチをつけるような男になった。泣けるケータイ小説を小バカにするようなヤツ、俺は結構嫌《きら》いだぞ」

「いやいやいや！　え⁉　今のクオリティ低いフィクション話、お前ら感動したの⁉」

「俺は感動した」

「あたしも涙《なみだ》が止まらねぇな」

「ボク、巡さんのこと見直したよ」

「いやいやいやいやいや！　就寝前のそのテキトーなテンション凄《すげ》ぇうぜぇ！　横になってボーッとしながら、皆《みんな》で戯《たわむ》れにオレをイジメるの勘弁《かんべん》してくれませんかねぇ！」

『…………』

「深夜の急な静寂怖《せいじゃくこわ》っ！　やめろよ、その沈黙《ちんもく》！　顔が見えないだけに、普段《ふだん》より数割増《ま》しで寂《さび》しいって！」

『…………』

「……え、なに、起きてるのオレだけ⁉」

守が大層焦《あせ》っているが、面白《おもしろ》いし実際若干眠《ねむ》たいので、俺達はそれぞれの寝台の中で数分沈黙を貫《つらぬ》いてみた。徐々《じょじょ》に守の声が小さく、心細げになっていくその様子と言ったら、よく誰も噴《ふ》き出さなかったなという面白さだ。

しばし目を瞑《つぶ》り、まどろみ、そうして守が完全に黙ってしまったあたりで、俺は神妙《しんみょう》に声をかける。

「……仕方ないな。このままギャグで寝《ね》るのもアレだし、俺がちゃんと感動的な話をしてやろうか。クラスメイトの皆、まあ、寝物語《ねものがたり》として、軽い気持ちで聞いてくれや」

「お、おお？　なんだよ、杉崎。改まって」

俺が喋《しゃべ》ってくれたのが嬉《うれ》しかったのか、守が素直《すなお》に訊《たず》ねてくる。俺は、ふっと一つ息を吐《は》いて、深夜に相応《ふさわ》しく落ち着いた声で語る。

「あるところに、S君という小学生の男の子が居《い》ました。頭はそんなに良くありませんでしたが、やんちゃで元気で、そして優《やさ》しい男の子でした。

彼には、Y子ちゃんという好きな女の子が居ました。聡明《そうめい》で可憐《かれん》で大人《おとな》しい、とても可愛い女の子でした。ただ、Y子ちゃんはいつも病院のベッドの上でした。そう、彼女はとても難《むずか》しい病気を患《わずら》っていたのです。

小学校入学の時に出逢い、一目で彼女を好きになったS君でしたが、すぐにY子ちゃんは学校に来られなくなりました。二年になっても、三年になっても、彼女は数える程しか学校に来られませんでした。そのため、クラスメイト達は皆、彼女のことをすっかり忘れていきました。四年になっても、彼女に友達と呼べる子は、いませんでした。

でも、S君だけは違《ちが》いました。何年生になっても、一途《いちず》に、頻繁《ひんぱん》に彼女の病室へとお見《み》舞《ま》いに行きました。Y子ちゃんにはそれがとても不思議で、いつも『どうして来てくれるの？』と彼に訊ねましたが、S君は決まって頰《ほお》を赤くするだけで、何も答えてはくれませんでした。

二人が六年生になった頃《ころ》。その時は、やってきてしまいました。

Y子ちゃんの病状が、悪化したのです。面会謝絶の日々が続きました。S君は、毎日毎日、それでも一途にY子ちゃんの元に通《かよ》いました。会えない日は、彼女の病室の窓を眺《なが》めて、何時間も祈《いの》りました。

全く会えない日々が何週間も続いた、ある日。いつものようにS君が病院に向かうと、いつもは彼をすぐに追い返そうとするお医者さんと家族の人が、なぜか、その日だけは彼を妙《みょう》に優しく歓迎《かんげい》してくれました。

戸惑《とまど》いながらも、Y子ちゃんに会えることが嬉しかったS君は、久々にY子ちゃんの病室へと入らせて貰いました。

Y子ちゃんは、とても可愛らしい笑顔で彼を迎《むか》えてくれました。とても病気だとは思えない、本当に、本当に元気そうな笑顔でした。S君は彼女の病気が治《なお》ったのだと感じ、とても嬉しくなりました。その日は、面会時間いっぱい、遅《おそ》くまで、Y子ちゃんと話をしました。なにを話したかなんて、全然覚えていません。ただただ、楽しかったという思い出だけが、S君の心に残りました。

翌日。Y子ちゃんは、この世を去りました。

S君は、その事実を聞かされた時、暴《あば》れました。子供なので大人にすぐに取り押さえられてしまいましたが、Y子ちゃんの家族を、医者を、思いつく限りの言葉で罵倒《ばとう》しました。どうして、どうして、どうして。特にそんな疑問を、何回も、投げかけました。

家族の人は、何も彼に答えず、ただ、一通の手紙を彼に渡しました。

それは、Y子ちゃんからの手紙でした。

それは……ラブレターでした。S君が何年にもわたって夢見た言葉が、そこには、何度も、何度も綴《つづ》られていました。切《せつ》なくて、甘酸《あまず》っぱくて、胸が張《は》り裂けてしまいそうな、そんな、素敵《すてき》なラブレターでした。

でも、なに一つ嬉しくない、そんな、ラブレターでした。

そこに書かれていたことは、S君への気持ち、感謝、そして、願いでした。

自分のことは忘れて欲しいという、受け入れがたい願いでした。

S君にとってそれは、どんな言葉よりも傷つく言葉でした。

彼女のためならなんでも出来る。なんでもしてあげたい。

なのに、彼女の最後の願いだけは、受け入れたくない。

苦悩《くのう》と葛藤《かっとう》の日々でした。

明るいS君は、だんだん、明るかったS君へと、なっていきました。

中学に入り、二年になり、三年になりました。ただ、それだけでした。ただそれだけの人生を、S君は、過ごしました。あっというまの数年でした。彼女と過ごした時間に比べて、あまりに薄《うす》っぺらい時間でした。

流されるままに、彼は高校に進学しました。相変わらず、無気力でした。

しかし彼はそこで……素晴らしい友人達と出会いました。

それは、ある生徒会役員であり。

それは、あるクラスメイト達でした。

S君の心にはまだ、Y子ちゃんが居ます。彼女の最後の願いは、まだ叶《かな》えられません。

でも。

修学旅行の寝台車両に寝そべるS君は今、明るかったS君ではなく、明るいS君です」

「杉崎……お前に……そんなことが……」

語り終えた俺に、守が、なにか感極《きわ》まった様子で声をかけてくる。寝台車両のクラスメイト達も、沈黙こそしているが、息を呑《の》んでいるのが伝わってきていた。

俺は……そんな、心優しいクラスメイト達に、柔《やわ》らかな口調で、付け加える。


「という事実無根な夢を見たんだが、どう思う？」


『知るかぁあああああああああああああああああああああああああああ！』

寝台車両から一斉《いっせい》に声が飛んできた！　それどころか、色んなところから《シャー！》という寝台のカーテンを開く音が聞こえる。うちの車両が、一斉に喧噪《けんそう》に包まれた。

「夢かよ！　夢の話かよ！　枕《まくら》に染みこんだおれの涙はなんだったんだぁあああ！」

「なによ！　私、さっき一瞬《いっしゅん》杉崎君に胸ときめいちゃったじゃない！　あのときめきを、私の一瞬の恋《こい》を、返せぇ！」

「出てこい！　どこだ！　どこの寝台だ杉崎！　土下座しろ！　すんげぇ青春して清々《すがすが》しく眠りにつこうとしていた僕達に、土下座しろ！」

やべぇ、なんかクラスメイトの皆《みな》さんがすげぇ怒《おこ》ってらっしゃる。俺はカーテンを開かず、小さい声で反論した。

「いや、だから、寝物語として軽い気持ちで聞けって……」

「あんな話をどう軽い気持ちで聞けっていうんだよ！　っつうか夢なら夢って先に言っておけっ！　皆、お前の壮絶《そうぜつ》な過去話だと思って、感動しちゃったじゃねぇかよ！」

守が一際《ひときわ》怒っているようだ。あいつ、なんだかんだ言ってすげぇお人好《よ》しだからな……

俺の話に感情移入しまくりだったか。

「いや、さっき沈黙時に一瞬うとうとして見た夢を、折角《せっかく》だから皆にも教えてあげようという、善意だったんだが……」

「あの感動的で数年にわたる物語、よくそんな一瞬で見たなぁ！　なんなんだよ、そのお前のいらん才能！」

「ま、まあまあ、落ち着け、皆。とりあえず自分の寝台に戻《もど》れ。あんまり五月蠅くしてると、先生に怒られるぞ」

「く……」

俺の言葉に、皆が納得《なっとく》いってなさそうながらも、寝台に戻っていく気配が感じられる。

完全に反感を買ってしまったので、俺は、話題を他の人間に振《ふ》ることにする。

「じゃあ、深夏の夢の話でも聞こうぜ」

「あたしの？　なんでだよ」

「いや、なんか単純な夢見てそうだなと。気分転換《てんかん》にぴったりだ」

「てめぇ、あたしをなんだと思ってんだよ。あたしだって、ちゃんとした夢を見るんだぞ」

「ほぅ。じゃあ、語ってみてくれよ、ちゃんとした夢」

　俺に促《うなが》され、深夏は渋々《しぶしぶ》ながらも、夢の話を語り始めた。

「これは、二年ぐらい前に見た夢なんだけどな」

「ふむふむ」

「牡蠣《かき》フライをな、作ろうとしてたんだ。あたし。そうしたら、急にバッタの顔したアライグマが現れてな。こう言うんだ。『二酸化炭素を興奮《こうふん》させろ』って。あたしはそれに大層憤慨《ふんがい》し、『じゃあ腎臓《じんぞう》を持ってこい！』って言ってやったさ。

　そうしたらさ、突如《とつじょ》として部屋の屋根が吹《ふ》き飛び、空が割れて、そこから《叫《さけ》びの神様》が現れて、あたしの腕《うで》をな、三本、持ってったんだ。四本目は無事《ぶじ》だよ。安心しろ。

　その代わりということで貰《もら》った黒炭《こくたん》の、美味《うま》いこと美味いこと。一晩で全《すべ》てを平らげたあたしは、気付けば、ヘアスプレーだった。……悲しくてなぁ。本当に、悲しくてなぁ。

もう、生きてることが辛《つら》くてなぁ。どうして、あたしは髪《かみ》を固めることしか出来ないのかと。無力さにうちひしがれたんだ。

だからというわけでもないんだが、あたしの傍《かたわ》らにはいつも紅天狗《べにてんぐ》様がいらっしゃった。紅天狗様はとても偉大《いだい》な方で、なんと、あのドドドン・ガギラを三日で説得したという逸《いつ》話《わ》を持つぐらいなんだ。

これには流石《さすが》のニュートンも剃髪《ていはつ》せざるをえなかったさ。笑ったね。あたしは、笑ったね。腹がよじれるほど笑い、笑い、気付けば涙《なみだ》が止まらない。

分かったんだ。時の流れというのは、つまるところ、あたしのへそにむかっているのだと。そうしたら全てが楽になった。鶏《にわとり》とペンギンの戦争に終止符《しゅうしふ》が打たれた。

世界の果てには何があると思う？　そう、判子《はんこ》さ。存在を定義する唯一《ゆいいつ》無二の至宝《しほう》と言っていい。特に田村《たむら》は秀逸《しゅういつ》だ。あの芳醇《ほうじゅん》な香《かお》りに魅了《みりょう》され、ＣＤの穴の奥へと消えた者が数知れないことは、言うまでもないか。

三億年の時が流れた。そして、歓喜《かんき》だ。あたしはその時、確かに科学的な忘却《ぼうきゃく》だった。

暗殺された瓶底《びんぞこ》だった。

ムカデの行進が止まり、春の息吹《いぶき》は――」

『もうやめてぇえええええええええええええええええええええええええ！』

車両に居た全員の絶叫《ぜっきょう》が響《ひび》き渡《わた》った。再び、シャーというカーテンを開く音。今回は俺も思わずカーテンを開いて、対面《といめん》の深夏の寝台《しんだい》へと叫んでいた！

「夢すぎるだろ！　本気の夢じゃねえかよ！　あまりに夢すぎてドン引きだよ！」

「その頭がぐんにょり歪《ゆが》むような話を寝《ね》ながら聞かされる私達の身にもなりなさいよ！」

「ああ……ボク、なんか、気持ち悪い……。今まで大丈夫《だいじょうぶ》だったのに、急に、電車に酔《よ》ったみたいな……うぇ！」

「なんてこった……超能力《ちょうのうりょく》者であるオレでさえ、深夏が、理解できない……だと？　むしろ……これは、恐怖《きょうふ》？　恐怖という感情なのか!?」

「精神分析《ぶんせき》出来る人ー！　誰《だれ》か早くこの子を診《み》てあげてー！」

うちの寝台車両はパニックだった。そうこうしてると、深夏の寝台から反論が聞こえてくる。

「いや、単純じゃない夢の話をしろって鍵が言うから……」

「ああっ！　悪かったよ！　俺が悪かった！　お前の精神構造の複雑怪奇《ふくざつかいき》さは、よぉく伝わってきたよ！　その歪み、俺には受け止められんがな！」

「そ、そんなに理解不能か？　普通《ふつう》に、泣けるいい話だと思うんだがな……」

「泣けるの⁉　あれ、泣けるタイプの話だったの⁉」

「最後まで聞けばわかるって。ええと、それでな。禿頭《はげあたま》のダンボールが月刊になりたいと頭《こうべ》を垂《た》れて――」

「いいよ！　お前の闇《やみ》は深すぎて俺の手に負《お》えんよ！」

「いや、ホント、騙《だま》されたと思って聞いてみろって。全ての伏線《ふくせん》が、最後に綺麗《きれい》にぴたりと整合するんだ、これが」

「整合すんの⁉　いや無理だろ！　どんな神《かみ》作家でも、ここから全てに説明をつけるのは無理だろ！　もういいから！　変な空間に俺達を引きずり込むのやめてくれ！」

「うー……しゃーねーなぁ……」

深夏の口が止まり、ホッと一息つく。皆《みんな》も、それぞれの寝台へと再び戻っていった。

……深夏の、知りたくはない一面を知ってしまった……。熱血《ねっけつ》単純少女に見えて、実は、その内面には何かもの凄《すご》い化《ば》け物を飼っている気がしてならない。……椎名《しいな》深夏。

さて。そろそろ本格的に疲《つか》れてきた。体力より、精神面がガリガリ削《けず》られてきた。

車両内のクラスメイト達も、もう会話することもなく、静まりかえった様子だ。

このまま寝てしまいたい空気だが、流石にいきなり完全に静寂《せいじゃく》化しても逆に気になるので、俺は、ある人間に出番を与《あた》えることにした。

「おーい、守。喜べ。お前のターンだ。なんか一人で喋《しゃべ》っていいぞ」

「はぁ？　なんだよ急に」

「超能力のことでもなんでもいいから、とにかく、好きなようにしゃべりんさい」

「しゃべりんさいと言われてもな……なんでオレなんだよ」

「いや、お前の話は誰も興味《きょうみ》無いから、寝るのには丁度《ちょうど》良い雑音かなと……」

「お前らどんだけオレに冷たいんだよ！　くっそう、舐《な》めやがって！　こうなったら、オレの話に食いついて、眠《ねむ》れなくしてやるぞ！」

『…………』

「うっわー。相変わらず心折れる沈黙《ちんもく》ー」

守がごちゃごちゃ言い出した。よし、いい塩梅《あんばい》だ。これは寝られる。

俺達は、安心して目を瞑《つぶ》り、布団《ふとん》に潜《もぐ》り込んだ。人間、完全に静寂よりは、どーでもいい音が多少あった方が寝られるというものだ。

俺達がそうして本格的に睡眠《すいみん》にとりかかっていると、守は、健気《けなげ》にもちゃんと語り出していた。

まどろみの中、聞くともなくその言葉を聞き続ける。

「じゃあ、あれだ！　オレの、昨日見た夢の話してやるよ！　興味あるだろ？　な？　な？　ふ……あの優しい善樹さえ答えてくれないのかよ。まあいいさ。

　昨日の夢なんだけどな。これがまた傑作《けっさく》で、修学旅行に行く夢を見たんだ。修学旅行前日にだぜ？　あははは、笑えるよなぁ！………うん、そこまで無反応じゃなくてもいいんじゃないかなぁ。確かにありきたりだけどいいじゃねえか！　くそ！

　そ、そう！　この修学旅行の夢がまた、良く出来ててさ。ちゃんとしてんだ。

　まず、朝姉貴《あねき》を起こして、準備して。学校まで来て、皆と合流して、クラスごとにバスに乗り込んで。一日目は完全に移動日だから、基本バスやら列車やら乗り継《つ》ぐんだけど、その中では、班員で固まってトランプとかしてさ。オレだけ、超能力がずるいからって理由でハブられるんだ……。……ああ、今思い出しても悲しい。ぐす。

　そうそう、昼飯は駅弁だったな！　特に豪華《ごうか》でもなんでもないやつ！　駅弁って、響きだけ美味そうだけど、実際食うと案外そうでもないよな！　まあ、弁当だもんな！　そりゃ名産品以外は、普通に店で食う方が美味いよな。

　んで、午後からもなんだかんだと移動移動移動で。そうして辿《たど》りついた寝台列車じゃ、皆に無視され、いじめられ。はぁ……。

……さて、ここまで話して気付いた人もいるかと思うが！　なんと！

昨日見た夢は、全部、正夢《まさゆめ》でした――――――――！

……あれ。反応ないな。え。予知夢《よちむ》だぜ、予知夢。今のオレの話、今日の出来事そのものだったろ。な？　な？　凄いよな、オレの能力！　相変わらずの的中率！

…………。

いやまあ、お察しの通り、虚《むな》しいだけだったよ！　なんで修学旅行の展開を先に見ちゃうんだよ！　オレ、今日全然心から楽しめなかったわ！　だって一度経験してんだもん！

車窓《しゃそう》の珍《めずら》しい風景とか、ちょっとしたハプニングとか、全部先見てんだもん！　夢で！

なんだこれ！　なんでこういうタイミングで予知能力発動するんだよ、オレ！

…………。

うん、全然励《はげ》ましの声とかねえのな。く……分かってたさ！　ここら辺も、全部予知夢で経験済《ず》みさ！　く、悔《くや》しくないさ！

……はぁ。……もういいや、オレも寝るか。よいしょっと。横になって……っと。

………ふぅ。

……………あれ、そういえば。

確かこの後、夢だと列車が脱線《だっせん》して、この車両の人間がオレ以外全滅《ぜんめつ》したような……。

……ふわぁ。

……ま、いいか。どうせ夢の話だし。……ねむねむ。……じゃ、おやすみぃ」

『……』

「……」

『……』

「……ZZZ」

『……』

「……ZZZ」

『……!?』

「……ZZZ」

『いや！』

全員全力で起床《きしよう》だった！　急に命の危機だった！　全てのカーテンが開かれ、守以外の全員がパニック状態で一斉《いつせい》に寝台から降《お》りていく！

「いやぁ！」「死にたくない！」「助けてぇー！」「誰か足踏《ふ》んだ！」「ぎゃー！」「殺される、殺されるー！」「いや事故だって！」「なんでもいいから逃《に》げるぞ！」「逃げるってどこに！」「逃げ場がない！」「杉崎君、ボク怖《こわ》い！」「俺はこの状況《じようきよう》で迷《まよ》わず俺に抱《だ》きつくお前が怖いわ！」「ジャムを羽《はね》に塗《ぬ》った雉《きじ》がゴミ袋《ぶくろ》の真理《しんり》を見抜《みぬ》いたんだ」「ちょっと！なんか深夏が寝ぼけてるんだけど！」「守はどこだー！」「状況を詳《くわ》しく説明させろー！」「隊長！　守氏、完全に熟睡《じゆくすい》状態です！」「なんで!?」「なんで!?」「なんで!?」「俺達がいじめて、精神すり減らしすぎたせいかー！　守ー！」「超能力者、起きません！　守氏、沈黙！」「唯一の異能《いのう》持ちが！　主人公っぽい希望がっ！」「車掌《しやしよう》に言って止めて貰《もら》え！」「なんて説明すんだよ！」「超能力なんて誰も信じてくれないよ！」「じゃあ無理矢理止めちまえ！」「いや待て！　その行動こそが、逆に脱線を引き起こすんじゃねぇの!?」「とにかく守を起こせ！」「むにゃむにゃ……皆、どうしてオレだけ残して……ぐす」「なんか守が予知夢の続き見てるぞー！」「全滅してるよなぁ!?　やっぱり俺達全滅してるよなぁ!?」

「俺、帰ったら結婚《けっこん》すんだ」「誰だ今ヤケになって死亡フラグ立てたの！」「私……生まれてこられて幸せだったよ。父さん、母さん、ありがとう」「ああっ！　遂《つい》に自分の物語を綺麗に締《し》めくくろうとする人まで！」「なんでもいいから、誰か、助けてぇー！」

…………。

修学旅行一日目の夜は、こうして、地獄絵図《じごくえず》の中で終わっていったのだった。

＊

ちなみに、結局列車は全く事故とか起こさなかった。例の、守の能力の『微妙《びみょう》』な部分だったようである。翌日、寝不足《ねぶそく》で目をギラつかせた俺達二年B組に、守がどういう仕打ちを受けたかは、ここで語るまでもあるまい。

そんなわけで、諸事情により守がほぼ登場しない（出来ない）修学旅行二日目のレポートも、どうぞ皆《みな》さん、ご期待下さい。

【二年B組の移動〜二年B組修学旅行　二日目　バス車内編〜】

説明する気も失《う》せる無駄《むだ》に壮絶《そうぜつ》な寝台《しんだい》列車の旅を経《へ》て、俺達《おれ》は京都までやってきた。

「京都。舞妓《まいこ》さんと舞妓さんと芸子さんと舞妓さんと舞妓さんの街、京都」

「お前にとっての京都は藍○島ばりに美人女子しかいないんだな」

隣《となり》の深夏《みなつ》にツッコまれながらも、俺は舞妓さんを探《さが》してバスの窓からずっと外を監察《かんさつ》し続ける。地元とは違《ちが》い、都会っぽさと古風な空気の入り交《ま》じった不思議な市内を走り出して約十分。生憎《あいにく》、今のところ舞妓さんは見当たらない。くっ！　京都は人口の実に九割が舞妓さんだという俺情報は、嘘《うそ》だったと言うのか！

「杉崎《すぎさき》君。ボクもよくは知らないけど、少なくとも、舞妓さんは花街《はなまち》とかじゃないと歩いていたりはしないんじゃないかな」

後ろの席から中目黒《なかめぐろ》が口を出してくる。ちなみにその隣に座《すわ》っている守《まもる》は、まあなんだかんだあって今日はずっと意識が無い。話しかけても「ただのしかばねのようだ」としかメッセージが出ない状態だ。こうなった経緯《けいい》については、ここでは説明を省《はぶ》かせて貰《もら》う。

そんなことより俺は、舞妓さんが見たいのだ！

「ま・い・こ！　ま・い・こ！　MA・I・KO！」

「なんかマイケルという外人さんを『マイコォ』と発音良く呼んでいるみたいだね」

「そんな誰《だれ》とも分からない外人男性に興味《きょうみ》は無い！　舞妓を出せぇー！　舞妓を見せろー！　舞妓をくれぇー！　舞妓おかわりー！　舞妓とデートしたいー！」

「お前ん中の京都はホント残念だな、鍵《けん》。舞妓さんとか、お前が考えるよりもっとこう、高尚《こうしょう》な感じだから」

「え？　京都土産《みやげ》で舞妓さん買えないの？」

「お前の中での京都は、人身売買《じんしんばいばい》まで許されてるのかよ！　舞妓さんに謝《あやま》れ！　京都に謝れ！　日本の伝統文化に謝れ！」

「そんな……じゃあ、俺は、なんのために京都まで……」

「修学旅行のためだろ！」

舞妓さんを買って帰るために大きな、通気性のいいバッグまで買って来たというのに……なんてこった！　俺はショックにうちひしがれた。ああ……テンション下がる……。

ガックリと項垂《うなだ》れていると、なぜか、前の席に座る巡《めぐる》が、こっちを振《ふ》り向いてこほんこほん咳払《せきばら》いししてきた。

「そ、そんなに舞妓さんが見たいんだったら、その、このアイドルたる私が、衣装《いしょう》とメイクを借りて、舞妓さんになってあげても……いいんだよ？」

「！　め、巡！　お前……」

「う……そ、その、私、あの、杉崎のためだったら……」

「お前が舞妓だなんて……舞妓さんを侮辱《ぶじょく》するのもいい加減《かげん》にしろぉおおお！」

「アンタは毎回私を侮辱しすぎなのよぉおおおおおおおおおおおお！」

なぜか楽しい修学旅行のハズが大喧嘩《おおげんか》になった。なんなんだ、巡は。いっつも俺につっかかってきて。どーしてそこまで俺のことが嫌《きら》いなんだ。全く。

俺と巡がしつこく口論を続けていると、深夏がやれやれとなだめてくる。

「まあまあ、二人とも落ち着けよ。とにかく、今日はクラス単位でバスに乗って、真面目《まじめ》に、主要な名所の見物をするだけなんだから、舞妓を見るのもやるのも無理だって。そういうの見たいなら、また明日《あした》の自由行動でな」

「うぅ……。深夏、お前は見たくないのかよ、舞妓さん」

俺の質問に、深夏は「そうだなぁ」と、妙《みょう》にテンション低く答える。

「いや見たいっちゃ見たいけど、別にそこまで……」

その答えに、巡も少しつっかかる。

「なによ、深夏、アンタ今日微妙にテンション低くない？」

「あ、バレた？　いや、京都好きな人には悪《わり》ぃけど、あたし、こういう和の『わびさび』的なものはちょっと苦手《にがて》でさ……。静寂《せいじゃく》の空間とか、なんかむずむずするっていうか、わーって暴《あば》れたくなるっつうか……」

なるほど、分かりやすい。俺はうむうむと頷《うなず》いた。

「京都の『わびさび』精神を理解出来ないとは、深夏もまだまだお子様だな」

「いや多分一番理解してねぇのお前だから！」

「馬鹿《ばか》にすんなよ。俺は分かってるよ、ちゃんと。舞妓さんのうなじとか、妖艶《ようえん》な目元とか、ちょっとはだけた着物とかに、最高の『わびさび』を感じるんだぜ！」

「お前の感じているのはただの性欲《せいよく》だろうが！」

「駄目《だめ》ね、杉崎も深夏も。『わびさび』っていうのは……そうね。アイドルたる私から言わせれば、ビート○ズ、ボン・ジ○ヴィ、矢○永吉《えいきち》、BE○Kあたりからビンビン感じるものなのよ」

「ロックだよ！　お前の感じてるのは、恐《おそ》らくロックだよ！」

「三人とも、駄目だよ。ボクに言わせると……えっと、『わびさび』っていうのは、杉崎君の笑顔とか、杉崎君の憂《うれ》いの表情とか、杉崎君の優《やさ》しさとかに触《ふ》れた時に胸にともる、ぽわっとした、それでいて鼓動《こどう》を速める、この感情のことなんだよ！」

「善樹《よしき》、それは恋《こい》だ！」

「いやそのツッコミもちょっと待とうか、深夏！」

そんなこんなで、ガヤガヤとやかましいメンバーを乗せ、本日、バスは京都の観光名所を回りまくっているわけで。

＊

車内風景その1　清水寺《きよみずでら》……前

「えー、ここ、清水寺は『清水の舞台《ぶたい》から飛び降《お》りる』という言葉から連想される通り、世界有数のバンジージャンプスポットとして注目されている、今最《もっと》もホットでクレイジーな観光スポットです。その高さは最早《もはや》軌道《きどう》エレベーターと見間違《みまちが》う程で、毎年ここを訪れる修学旅行の生徒には必ず一人や二人酸欠《さんけつ》に陥《おちい》る生徒がいるという笑い話も、よくありますね」

「ねぇよ」

「建立《こんりゅう》は……確か、平成四年。当時の有力武将《ぶしょう》、ド○小西氏によって、建造されたと聞き及《およ》んでおります」

「誰からよ」

「そうそう、平成十年に起きた、人類の半数を消し去ったあの忌々《いまいま》しき災害、『清水寺クライシス』によって半壊《はんかい》しましたが、平成十二年、当時の有力武将K○BAちゃんさんによって修繕《しゅうぜん》されたのは、記憶《きおく》に新しいところですね」

「全く記憶にないよ」

「『清水寺クライシス』の一件によって、耐震偽装《たいしんぎそう》という言葉も注目されましたね」

「お前、どんなパラレルワールドからやってきたんだ？」

「そうして、今日も私達を見守り続けてくれている清水寺、清水寺に、清き一票を、どうか、よろしくお願い致《いた》します」

「ああ、スポット解説でさえなかったのね」

「さて、次のスポットに参りましょうか」

「いやだよ」

中目黒にさえガッツリ拒否《きょひ》されてしまった。清水寺付近の駐車場《ちゅうしゃじょう》に停車した直後のバス車内。俺は周囲の人間……深夏、巡、善樹の三人に向かってとてもありがたーい解説を行っていたのだが、結果は、このザマだ。

俺は停止したバスから清水寺の方へ視線を向けて、切《せつ》なげに溜息《ためいき》を吐《つ》く。

「テキトーに説明してしまえば、それで皆満足《みんな》して観光終わると思ったのに……」

『テキトーすぎるだろ！』

班員どころかクラス全員からツッコまれたが、俺はめげずに、拳《こぶし》を握《にぎ》りこむ。

「だって！　舞妓さんの居《い》ない京都観光に、なんの価値があるんだよ！　さっさと他の……舞妓さん居そうな場所行こうぜ！　清水寺、もう満喫《まんきつ》したじゃん！　清水寺クライシスの爪痕《つめあと》、もう見たじゃん！」

「見てねぇよ！　っつうかそんな観光スポットじゃねえし！　いいから、ごちゃごちゃ言ってないで、ほら、行くぜ！」

「あぅ」

必死の努力虚《むな》しく、深夏に無理矢理気味にバスから降ろされる。

そうして、結局清水寺観光は従来のスケジュール通りに進行されたのだった。

車内風景その2　清水寺……後

「いやな……事件だったね」

次の観光スポットへ向けて走り出したバスの中。隣の席の深夏が、珍《めずら》しく神妙《しんみょう》な面持《おもも》ちで、俺の顔を覗《のぞ》きこんでくる。それに対して俺は…………憤慨《ふんがい》で返す！

「まさか本当に清水の舞台から落とされるとは思ってませんでしたからねぇ！」

俺の体から、付着した木の枝やら葉やらがぽろぽろ落ちる。車内のクラスメイト達が俺をチラ見してはクスクスと笑っていた。いや、笑い事じゃねぇから！　清水の舞台から落ちるの、全然笑い事じゃねぇから！　二年B組の感性、全体的におかしいから！

「いや、ホント、まさか、あんなことになるとはな……ホントすまないなと……くく」

「加害者が謝罪《しゃざい》中に笑うなよ！　いや、本気で死にかけたからね⁉　お前の浅はかないつもの暴力のせいで、俺、本気で死にかけたんだからね⁉」

「サーセン」

「サーセンじゃねぇよ！　ある意味清水寺クライシス起こしておいて、サーセンじゃすまないよ！　っていうか、サーセンじゃなにもすまねぇよ！」

「まあまあ、杉崎君。怪我《けが》もなかったんだし、ホント良かったよ。……うん、でも、ホント、なんで怪我ないの？」

「奇跡《きせき》だよ！　ただの奇跡だよ！　純粋《じゅんすい》な、まごうかたなき奇跡だよ！　今回は奇跡によ

ってたまたま無傷だっただけで、このディープサマーさんは本気で殺人未遂《みすい》だからね⁉

皆、もっと事の重大さを認識してくれる⁉」

「大丈夫《だいじょうぶ》よ。私の杉崎は、清水の舞台から落ちたぐらいじゃ、傷一つつかない、そういう男の子だもんね」

「巡は俺を何だと思ってるの⁉　確かにお前の日々の暴力で耐性《たいせい》はつきつつあるが……っていうか、おい、誰か一人ぐらいもっと心配しようぜ！　清水の舞台からリアルダイブ直後だぞ、俺！　そんなクラスメイトに対して、もっとかける言葉、あるだろう！」

そう叫《さけ》ぶ俺に向かって。バスの中の二年Ｂ組一同は全員で顔を見合わせ……そうして、心からの温《あたた》かい笑みを、俺に向けてきた。

『旅行、満喫してんなぁ』

「してねぇよ！」

そうして、ボロボロの俺、意識不明の守、薄情《はくじょう》なクラスメイト達を乗せて、旅行バスはまだまだ観光スポットを巡《めぐ》っていく。

車内風景その3　金閣寺《きんかくじ》……前

「ここ、金閣寺は全てが金で出来ています。全てです。基礎《きそ》から何から全てが金です。空気も金です。水も金です。空間も時間も、全てが金です。『時は金《かね》なり』という言葉が、ここから生まれたとかそうじゃないとか。そんな寺ですから、よく泥棒《どろぼう》が入ります。入りますが、その泥棒さえも金なので、最早、金をとる必要が無いのです。これが転じて『泥棒の金要《い》らず』ということわざになりました」

「ねぇよ。そのことわざ自体がねぇよ」

「建立は……確か、昨日。仕事が休みで丁度暇《ちょうどひま》だった大工さんが、たまたま沢山金《たくさんきん》を拾《ひろ》ったので、暇潰《つぶ》しに作ったのが始まりと聞き及んでおります」

「だから誰《だれ》からよ」

「そうそう、二時間前に起こった火事で、ポルトガルのザムーさんが家を失いましたが、幸《さいわ》い怪我人は無かったとのことで」

「良かったね。でも金閣寺無関係だよね」

「ちなみに、ここで豆知識。金閣寺が金で出来ているからって、銀閣寺が銀で出来ていると思ったら大間違《おおまちが》いです。銀閣寺は……実は、オリハルコンで出来ています」

「伝説の金属惜《お》しみねぇな」

「二年前のあの事件……『大魔王《まおう》ボーンと勇者ドイの決戦』においては、銀閣寺のオリハルコンを全部溶《と》かして《覇王《はおう》の剣《けん》》を作り、それを装備した勇者ドイが大魔王ボーンの居《きょ》城《じょう》に乗り込み大魔王を討《う》ち果たす……前にアメリ○合衆国が核《かく》ミサイルで居城ごと魔王を滅《めっ》したことで有名です」

「銀閣寺全く役に立たなかったわね」

「そんなわけで、金閣寺観光でした。おしまい。次に行きましょうか」

「いやだよ」

またも俺信者である中目黒にさえガッツリ否定されてしまった。俺は停車したバスの中から金閣寺の方を見つめ、切なく溜息を吐《つ》く。

「もういいじゃないか！　舞妓《まいこ》のいない観光なんて！　っていうかむしろ俺をまず病院に連れて行け！　検査しないと怖《こえ》ぇだろ！　なんせ伝説の清水ダイブ直後なんだから！　とにかく病院！　話はそれからだ！」

「ほぅら、さっさと行くぞ、鍵。金閣寺だぜ、金閣寺。あたし、わびさびは分からんけど、こういう金ピカの強そうなのは好きだ！　ギル○メッシュ！」

「あぅ……」

そんなわけで、またも深夏に連行され強制観光開始。俺は木の枝や葉や土や涙《なみだ》をぽろぽろと落としながら、あまり乗り気じゃない金閣寺へと連れ出されたのだった。

車内風景その4　金閣寺……後

「いやな……事件だったね」

次の観光スポットへ向けて走り出したバスの中。背後《はいご》の席の中目黒が、神妙な様子で俺に声をかけてくる。それに対して俺は…………憤慨で返す！

「まさか金閣寺を映《うつ》す鏡湖池《きょうこち》の水面を、俺自身が揺《ゆ》らすハメになるとはねぇ！」

びしょ濡《ぬ》れの制服からぽたぽた水滴《すいてき》を垂《た》らしながら中目黒に怒鳴《どな》りつける！　中目黒はびくんと怯《おび》えながら「ごめんよぅ」と涙目で謝罪した後、少し不満そうに口を尖《とが》らせた。

「でも、ボク、悪いことなにもしてないと思うけど……」

「いやしたよ！　お前、鏡湖池と金閣寺をバックに記念写真撮《と》ろうとした時、よりにもよって、俺にすり寄って来ただろうが！」

「うん。友達だもんね！」

「いやあの距離《きょり》は友達レベルじゃなかったよ！　俺の胸板《むないた》に頭を預けるのは、友達同士の記念写真じゃ絶対ねぇよ！」

「そ、そうかなぁ。でも、だからって、思いっきり飛び退《の》いて池にダイブしなくても……」

「いや、もう、俺のお前に対するリアクションは、最近アレルギーレベルに達しているからな。俺は悪く無い！」

「うぅ……」

——と、厳《きび》しく言い過ぎたせいか、中目黒が再び涙目になってしまった。その状況《じょうきょう》に……バス車内のクラスメイト達から、俺へと厳しい視線が向けられる。

『杉崎、サイテー』

「う……。い、いや、びしょ濡れの俺見て大爆笑《だいばくしょう》していたお前らに言われたくねぇよ！　一人たりとも俺を心配しないお前らに言われたくねぇよ！」

と反論するも。中目黒が泣いているのは、確かに、こう、胸が痛む。仕方ないので俺は、クラスメイト達が見守る中、中目黒の肩《かた》にぽんと手を置き……そして、諭《さと》すように、声をかけた。

「中目黒……お前は、もっと、節度ある行動を心がけような？」

『それこそお前に言われたくねぇよ！』

なんか謝《あやま》ったのに全員にシンクロしてツッコまれた。

車内風景その5　晴明《せいめい》神社……前

「ここせーめー神社は……えーと、生命の神社です」

「会長さんみたいな間《ま》違《ちが》い方をっ。陰陽師《おんみょうじ》で有名な安倍《あべの》晴明の晴明だぞ？」

「そう、安倍晴明。ここ、晴明神社には、えーと、安倍晴明がいます。住んでます」

「いるんだっ！」

「ガス料金を延滞《えんたい》しています」

「安倍晴明さん、家計が厳しいのかな？」

「この晴明さん、以前は陰陽師としてブイブイ言わせてましたが、今は、ブームが去りつつある中、ひな壇《だん》芸人として頑張《がんば》っています。この前アメ◯ークの『陰陽師芸人』の回に出てました」

「晴明さんしかいねぇだろ！」

「最近よく『あの人は今』系の企画《きかく》でも声がかかります」

「その番組凄《すご》く視聴率《しちょうりつ》とれるんじゃないかしらっ！　リアル晴明出るって！」

「そんな晴明さんに、この神社では会えます。謁見料《えっけん》が千円、サイン代二千円、握手代《あくしゅ》二千円、式神披露《しきがみひろう》代三千円、式神レンタル二時間五千円です」

「本格的に金欲しいんだな、晴明さん！　でも式神レンタルはすげぇ興味《きょうみ》あるわ！」

「ただ、昔は晴明さん、『十二天将』と呼ばれるそれはそれは凄い式神を使役《しえき》していたのですが、近頃《ちかごろ》の不況《ふきょう》で給料が払《はら》えず愛想をつかされた結果、今は『野良猫《のらねこ》のナー君』しか召喚《しょうかん》出来ませんので、あしからず」

「それならボクでも召喚できるんじゃゃ……」

「そんな晴明さんに会いたいなら、是非《ぜひ》晴明神社へ！」

「そんな晴明には会いたくないわよ！」

「じゃ、巡の言う通り、晴明神社の観光はなしということで……」

俺がニヤリと微笑《ほほえ》むと、巡が「しまったわ！」と頭を抱《かか》えた。が……。

「ほーら、じゃ、神社行くぞぉー」

「え!? おい、こら、深夏！ 今回は俺の見事な策略により晴明神社は飛ばすことに決定――」

「うん？ ああ、わりぃ。今回の鍵の戯《ざ》れ言《ごと》あんま聞いてなかった」

「戯れ言扱《あつか》い!? いや、だから、俺は今巡相手に勝利をだな――」

「はいはい、分かった分かった。ほら、巡、どうした、行こうぜ。鍵の話は、観光しながら聞いてやるよ。じゃ、レッツゴー！」

「それじゃあ意味ねぇえええええええええええええええええええええ！」

車内風景その6　晴明神社……後

「いやな……事件だったね」

次の観光スポットへ向けて走り出したバスの中。前の席に座る巡が、神妙《しんみょう》な様子で振《ふ》り向いて俺に声をかけてくる。それに対して俺は………憤慨《ふんがい》で返す！

「まさか晴明の顔出し看板から抜《ぬ》けられなくなるとはねぇ！」

俺は顔から下が晴明の看板の状態のままで、巡を怒鳴る。彼女は少し拗《す》ねた様子で口を尖らせた。

「可愛いアイドルのお茶目なイタズラじゃない……許してよ、陰陽師」

「陰陽師言うな！　というか、看板に接着剤《せっちゃくざい》つけておくのは、お茶目レベルじゃねぇからっ！」

「まあまあ、怪我《けが》とかは無いんだし、巡さんを許してあげようよ、安倍君」

「安倍君じゃねえよっ！　巡というか、そのニヤついた感じのお前らも許せないんだがっ、俺は！」

「うっせぇなぁ、いつまでもぐじぐじと。元は陰陽師と式神の看板だったところを、半分にして貰《もら》って、陰陽師単体になっただけいいじゃねぇか、晴明」

「だから晴明じゃねえって！　どうすんだよ、これ！　俺この後ずっと晴明さんで京都観光すんの⁉」

《カシャカシャ、ピロリロリン》

「お前ら写メ撮んな！」

「ご、ごめんね、杉崎。でも……うん、そんな陰陽師なカッコも、似合《にあ》ってるゾ☆」

「全く嬉《うれ》しくねぇ！　っつうかこれ、晴明神社にも大迷惑《めいわく》だろ！」

「あ、それは謝りに行ったら、老朽化《ろうきゅう》していて丁度新しいのに取り替《か》えるところだったから、むしろ処分して貰えて助かったと感謝されたわ。流石《さすが》私ね。これがスーパースターの引き寄せる、運というものかしら」

「お前だけ運が良くていいですねっ！　でもお前が引き寄せているその運は、元は俺のなんじゃないかなぁ！……と、お」

周囲の人間に怒鳴り声を上げまくっていると、元々看板が老朽化していたせいか、ピキピキとヒビが入り出した。試《ため》しに顔周辺を叩《たた》くと、上手《うま》いこと割れて、看板から解放される。おお……これは助かった。ふぅ、一件落着！　一安心、一安心――

『……………ちっ』

「お前らホント最低だな！」

そんなわけで、性悪《しょうわる》なクラスメイト達を乗せつつ、バスはどんどん観光スポットを消化していく。

車内風景その7　京都タワー……前

「ここ、京都タワーは東京タワーと対《つい》をなす高層ダンジョンとして有名ですね。その長大でセーブポイントも少ない構造、中に棲《す》むモンスターのいやらしさは『鬼畜《きちく》ゲー』『死にゲー』『運ゲー』と言われ、頂上までたどり着けた人間は未《いま》だおらず。訪れる者の更《さら》なるプレイヤースキル向上が望まれるところです」

「あれ、おかしいな。お前の中に真冬《まふゆ》が見えるぞ」

「建設……というか、発生は二年前。京都の街に、地下から地鳴りと共に突如《とつじょ》として生《は》えてきました」

「杉崎君の中の京都はなんか凄いね。世界観が違《ちが》うね」

「人類よ、生き残りたければ、塔《とう》を上れ――ＢＹ京都タワー」

「なんなのそのメガ○ン的京都」

「ちなみに中は自動生成ダンジョンなので、千回遊べます」

「遊ぶな」

「十階ごとにいるエリアボスがまた、初見殺《しょけんごろ》しと有名です。とりあえず一ターン目は防御《ぼうぎょ》がオスメ」

「いや、いくらアドバイスされても、修学旅行で《初見殺し》と戦いたくはないよ……」

「中層階の百二十八階には街があります。冒険者《ぼうけんしゃ》達の街……通称《つうしょう》《通天閣《つうてんかく》》です」

「なんで京都タワーの中の街をそのネーミングにしたのよ！　まぎらわしい！」

「《通天閣》には現在四万人ほどの冒険者が住んでいるとされています。それぞれがなんらかの専門ギルドに所属し、役割を果たすことで、外界との流通に頼《たよ》ることのない、安定した自給自足状態を保持しています」

「そいつらなんなんだよ！　もう冒険さえしてねぇじゃねえか！」

「ああ、塔内の生活が思っていたより安定しているため、最近じゃ『クリアとかしなくていいんじゃね？　むしろ下手《へた》に頂上行って、なんかボス的なの倒《たお》されて塔が消えるようなことになっても困る』という派閥《はばつ》もかなりいます」

「じゃあもうそっとしておこうよ……」

「そう！　中目黒、その通りだ！」

「え？」

「というわけで、京都タワー観光はこれにて終了《しゅうりょう》――」

「しないわよ」

今度は深夏じゃなく、巡に腕《うで》を掴《つか》まれた。そうして、ずりずりとバス車外へ引きずり出されていく。く……なんてヤツだ！

「馬鹿《ばか》！　巡！　タワーの中は魔窟《まくつ》なんだぞ！　こんな、装備も調《ととの》ってない状態で挑《いど》もうなんざ、愚《ぐ》の骨頂《こっちょう》！　ひ、引き返すんだ！」

「うるさいわねぇ。私は、杉崎と二人で、高い所からいい景色を眺《なが》めたいの！」

「俺と二人で？」

「う、うん」

なぜか巡がポッと頬《ほお》を染めていた。ふむ……これは……。

「そうか……巡、お前……」

「な、なによ……」

「『杉崎、目に焼き付けておきなさい。これが今の京都という街の姿よ。数時間後、私によって火の海になり……二度と見ることの出来ないであろう、災害前の街の姿。くくく……あーはっはっはっは！』ってやりたいんだな！」

「あんたの中の私のイメージ、いよいよ致命的《ちめいてき》ね！　なんで私そんなキャラ認識なのよ！」

「いーやーだ！　行きたくないー！　タワーの中は魔物《まもの》も沢山《たくさん》いるし！」

「いないわよ！　そもそも、いたとしても、全く問題無いでしょ」

「へ？　問題無い？　なんで？」

「なんでって……」

巡はきょとんとして、自分と、深夏、中目黒、意識不明の超能力《ちょうのうりょく》者、それからぐるっと二年B組メンバーを見回した。

そうして、俺に、ニヤリと微笑む。

「このメンバーで、負ける要素が無いでしょ」

「いやぁ――――！　既《すで》にここがタワー以上の魔窟――――！」

俺の情けない叫《さけ》び声をこだまさせつつ、京都タワー観光は開始されてしまったのだった。

車内風景その8　二日目全行程《こうてい》終了後

「け、結局舞妓《まいこ》さんに会えなかった……」

二日目に予定された全《すべ》ての観光スポットを回り終え、旅館へと向かう車中にて。俺はガックリと肩《かた》を落としていた。

背後《はいご》から中目黒が俺を励《はげ》ましてくる。

「だ、大丈夫《だいじょうぶ》だよ杉崎君！　明日《あした》は自由行動なんだし！」

「中目黒……」

「いざとなったら、ボクが舞妓さんの格好してもいいし！」

「よくねぇよ！　それで俺が満足するわけねぇだろ！」

「しゅん……」

俺のツッコミに、中目黒が落ち込んでしまった。なぜかクラスメイト達に刺々《とげとげ》しい視線を向けられる。……お前らホント中目黒に甘いですね！　そして俺に厳《きび》しいですね！

「まあ、善樹の言う通りだろ。そもそも今日舞妓を期待している方がおかしいんだ」

隣《となり》の深夏が冷たいことを言う。更には、巡までそれに賛同していた。

「そうよ。それに、舞妓なんて大したことないわよ。あんな厚化粧娘《あつげしょうむすめ》より、この世紀の美少女アイドルたる私を見ている方がよっぽど目の保養になるというものね」

「……ハッ」

「鼻で笑われた！」

「巡。そして班員及《およ》びクラスメイト達よ。お前らは舞妓のことが何も分かってない」

「な、なによ……」

うぐっと引きつる巡。そして俺の言葉に反応するクラスメイト達。やれやれと肩を竦《すく》めて、俺は……この愚鈍《ぐどん》なクラスメイト達に、真実を告げてやることにした。

「舞妓さんは化粧なんかしていない！　京都だけに生息《せいそく》している、とても肌《はだ》が白い種族の方々なんだ！」

『お前が一番舞妓を分かってないよ！』

なんか総ツッコミを喰《く》らった。中目黒が背後で「杉崎君の中の京都は、なんで全体的に間違《まちが》っているのさ……」と溜息《ためいき》混じりに呟《つぶや》いている。……なんなんだ。俺の何が、間違っているという。

「おいおい、なんだお前ら、知らなかったのか？　深い森の中にはエルフという美少女種族が、深海にはマーメイドという美少女種族が、そして京都には舞妓という美少女種族がいるんだぞ。それぐらい、修学旅行前にチェックしておけよ」

「鍵。生徒会でハーレムハーレム言っている時から薄々《うすうす》感づいてはいたけれど……お前の中の世界観は、ホント自分に都合《つごう》良く出来てんだな……」

「お、どうした深夏。そんな、俺を尊敬するかのような眼差《まなざ》しで見つめて」

「この視線を尊敬ととるその感性……お前は、ホンモノだな」

「やめろよぉ、照《て》れるじゃないか」

「…………」

なんか深夏がぽんぽんと俺の肩を叩いた。なんだなんだ。スキンシップが欲しいのかい？　よし、それならばギュッと手を握《にぎ》ってやろう——ぐべらっ、なんか殴《なぐ》られた。照れ隠《かく》しか。可愛いなぁ、もう。

そうこうしている間に、一日京都市内を走り回ったバスは、俺達の泊《と》まる旅館の前まで来ていた。つまり、二日目の日程がこれにて本当に終了。

俺はバスを降りると……ふっと、息を吐《は》いた。胸の中に去来《きょらい》するのは、修学旅行という名の出張社会科見学に対する、ちょっとした失望。

俺は清水寺で撮《と》ったデジカメの写真を順番に確認しつつ、時折ケータイのストラップにした「金閣寺キーホルダー」にうっとりしながらも、晴明神社で買ったお守りを手に、京都タワーの土産物屋で買った八《や》つ橋の味に舌鼓《したつづみ》を打ちつつ、切なげに呟いた。

「今日のこのガチガチの日程の中で、心から自由に振《ふ》る舞《ま》い、全力で楽しめていたヤツっ

御守
生八ッ橋
チョコ味

て……どんな人間なんだろうな」

『お前だよ！』

そんなわけで。

修学旅行二日目、バスによる京都市内観光。

大変、たのしゅう、ございました。

【二年B組の変身〜二年B組修学旅行　三日目　京都自由行動編〜】

「だから、仕事はするって……ええ！　帰ったらそのスケジュールでいいから！……ああ、もう、しつこいわね！　体力？　そんなのどうにでもなるわよ！　とにかく、この修学旅行中だけは一切《いっさい》仕事する気ないから！　本当ならこういう電話だってイヤなのに……。はいはい、わかりました。はいはーい、それじゃあ、そういうことでっ」

マネージャーがまだ何か言いかけていたのも無視して、私は強引《ごういん》にケータイを切った。思わず苛立《いらだ》ちを含《ふく》んだ溜息《ためいき》が漏《も》れる。ふと気付くと旅館ロビーの片隅《かたすみ》で他クラスの女子数人がこちらを窺《うかが》ってヒソヒソなにやら会話を交《か》わしていた。

ああ……私の素《す》を直《ちょく》で知らない類《たぐい》の生徒か。面倒臭《めんどうくさ》く思いながらも、お得意の営業スマイルを彼女達に向け、軽く手を振ってから、その場を後にした。

修学旅行三日目、朝。皆《みんな》はまだ部屋で仕度《したく》なり休憩《きゅうけい》なりしているところだけど、私は昨日からしつこく電話を鳴らしてくるマネージャーへと応対するために、先にロビーの方まで出て来ていた。

他クラス女子の視線が気になって移動したはいいものの、特にすることもない。手持ちぶさたに旅館内の土産物屋《みやげ》をぶらつき、買う気も無い『ミニルー○ックキューブキーホルダー』をそこにあるだけ何個も順番に片手で弄《もてあそ》びつつ、考え事に耽《ふけ》る。

「……はぁ」

事務所に無理を言って完全オフにして貰《もら》ってまで来た修学旅行ももう三日目だというのに、目的は全く果たせていない。自分の不甲斐《ふがい》なさに、朝から何度も溜息が出る。

目的……そんなの、杉崎《すぎさき》との接近以外に無い。

修学旅行という、これほどのチャンスをモノに出来ないなんて、そんなことあってはならない。あっては、ならないんだ！

「……よし！」

気合いを入れ直す。そうよ。一日目、二日目は完全に団体行動だった。でも今日は班別行動。つまり、ここからが本番！　うまくいけば杉崎と二人きりになることだって、可能！

そこまで考えて、ふと頬《ほお》が熱を帯びる。

ふ、二人きり？　修学旅行中に？　な、なにそれ、いいわ、凄《すご》くいいわ！　二人で街を歩いて、二人で観光名所を見て、二人でお買い物して、二人で食事をして、そうして、最終的に地元から遠く離《はな》れた京の都《みやこ》で、二人は……ああ、なんて素敵《すてき》な展望！

なんだか妙《みょう》にテンションが上がってきちゃった。こ、こうしちゃいられないわ！

私はいつの間にか完璧《かんぺき》に六面揃《そろ》えていたミニルービ○クキューブ十個を全《すべ》て棚《たな》に戻《もど》す。

ああ、楽しみねっ、班別行動！

土産物屋の店員二名が私の残したキーホルダーを見て「おー！」と歓声《かんせい》をあげて拍手《はくしゅ》をする中、私は颯爽《さっそう》とその場を後にしたのだった。

＊

結論から言って、目的は果たした。私はやっぱり出来る女なのだ。一度こうと決めたら、必ず成《な》し遂《と》げる。それが私。そうやって、芸能界の頂点にだって上《のぼ》りつめたのよ。

今回の目標だって、完璧に、ミッションコンプリート。

「杉崎さん、こっちの方も見てみましょうよ」

「あ、はい、そうですね」

杉崎と二人で歩く——成功。

「でも、この辺の通りの景色なんてまさに『京都！』という感じで、風情《ふぜい》があっていいですよね」

「そうですねー。うん、確かに、いいです。写真撮《と》っておこうかな」

杉崎と二人で観光——成功。

「あ、杉崎さん、あの土産物屋さん、可愛いもの多いですね。ちょっと見ていきません？」

「ああ、いいですね。義妹《いもうと》やハーレ……じゃなくて、ええと、同じ生徒会役員のメンバーにも、お土産買いたかったんですよ」

杉崎と二人でお買い物——成功。

「あー、なんかお土産見てたら、私、ちょっとお腹空《す》いてきちゃいました」

「あ、もうお昼時過ぎてますもんね。すいません、気付かなくて。えと、じゃあ、そろそろ一旦《いったん》お昼休憩しましょうか」

「はいっ」

杉崎と二人で食事——成功予定。


しかし。


「じゃ、行きましょうか月夜《つくよ》さん」

「はい、杉崎さん」

「ホント、すいませんね。舞妓《まいこ》さんである貴女《あなた》に、わざわざうちの迷子《まいご》班員……巡《めぐる》を捜《さが》すのに付き合わせちゃって」

「い、いえいえ、私も丁度《ちょうど》散歩の途中《とちゅう》でしたから。お、おほほほほ」

なにか大事な部分が完全に失敗している気がするのは、私の、気のせいなのだろうか。

私は「舞妓月夜」として、振り袖《そで》で上品に口元を押さえ笑う……フリをして、引きつった表情を隠《かく》し、しずしずと、杉崎の隣《となり》を歩くのだった。

＊

どうしてこうなった……。

「月夜さん、どうかしましたか？」

食事に向かう道すがら、杉崎が歯をキラリと爽《さわ》やかに輝《かがや》かせて、私に微笑《ほほえ》みかけてくる。

く、や、やめなさい、このイケメン！　惚《ほ》れてまうやろ！……いや元々惚れてるけど。白粉《おしろい》のおかげで頬の赤みが目立たないのだけが不幸中の幸《さいわ》いね。

「いえ、なんでもありま……へん」

「あ、そういう言葉、やっぱり使うんですね」

「あ、え、えと、いえ、はい、あ、はは、そうですね。つい、その、くせで」

まさか自分のキャラが定まってなかっただけとは言えまい。私が恥《は》ずかしそうに笑うと、杉崎はなんだか満足そうに微笑んで、再び前を向いた。ふ、ふぅ……。

と、とにかく落ち着こう。このミラクル☆アイドル星野《ほしの》巡、緊張《きんちょう》の場面なんていくつもこなしてきたじゃない！　口パクで歌ったライブ、トークだけで必死に乗り切った料理番組、デビューしたての頃《ころ》に出演したチアガールコント！　それらに比《くら》べれば、こんな、色ボケ男一人騙《だま》しきるぐらい、造作《ぞうさ》も無いこと！

「あ、月夜さん、危ないですよ。こっちへ」

「あ」

ボーッとしていて正面から来た歩行者とぶつかりそうになったところを、杉崎に袖を引かれて回避《かいひ》する。と同時に、軽く杉崎の体《からだ》に触《ふ》れてしまうほど、距離《きょり》が近くなってしまった。カァッと一気に体温が上昇《じょうしょう》する！

「うぁ、えと、あの、その、気をつけなはれや！」

「俺が!?　あ、なんか、すいません」

「いや、あ、ち、違《ちが》います！　あ、ありがとうございます」

「いえ、どういたしまして」

ニカッと白い歯を輝かせて微笑む爽やかイケメン！　なにアンタそれ！　やめてよ！　蕩《とろ》けるじゃない！　私をどんだけ悶《もだ》えさせれば気が済《す》むのよ！

「……にゃー！」

「月夜さん⁉　どうしました⁉」

「……にゃ、にゃー、どすえ」

「何が⁉　なんか誤魔化《ごまか》そうとして、一切誤魔化せてない感がありますが⁉」

「お、お気になさらず」

「き、気になりますが、えと、はい、分かりました、善処《ぜんしょ》します」

だ、駄目《だめ》だ。いくら百戦錬磨《れんま》アイドルの私でも、す、す、好きな人の前だと、もう、何もかもが駄目だ。まだ私が巡だとバレてない方が、奇跡《きせき》なのだろう。

「……ふふ、月夜さんは、面白《おもしろ》い人だなぁ」

「あ、あはは、そんなことないですよ」

杉崎に合わせて笑い……少しだけ、胸がちくりと痛む。はぁ……今更《いまさら》だけど、今こうして杉崎と一緒《いっしょ》に歩いているのは「月夜」であって、「巡」じゃないんだもんなぁ。なんだか、かなりやるせない。やるせないけど、幸せ。感情がごちゃまぜで、もう、どうしたらいいのかよく分からない。

落ち着こう。頭の中を整理！　現在の状況《じょうきょう》を確認！　まず。

そもそもの元凶《げんきょう》は、あの貸衣装屋《かしいしょう》よね！　全く！

昨日から杉崎が「舞妓が見たい、舞妓が見たい」と五月蠅《うるさ》いから、そんなに見たいなら私が仮装《かそう》して満足させてあげようと思い、班別行動中に「ちょっとお土産見てくるわ」と単独行動、その隙《すき》に貸衣装屋で舞妓変化《へんげ》を試《こころ》みた……ところまでは、良かったのよ。

まさかテキトーに入ったあの貸衣装屋の手際《てぎわ》が、あんなに悪かったなんて……。うちのメイクさんなら、時代劇の衣装&メイクだって三十分で充分《じゅうぶん》見られるものにしてくれるわよ！　全く！

おかげでなんだかんだで、着付けやメイクに一時間以上かかってしまい。また間の悪いことに私のケータイの充電《じゅうでん》が切れてしまっていたから、急いで班のところに戻った時には、守《まもる》を残して全員が私の捜索《そうさく》に出てしまっていたわけで。

でも、まあ、そこまではまだ良かったのよ。なんせ、それによって、あるチャンスが生まれたのも事実なのだから。

つまり。

杉崎と二人きりになるチャンス。

守から話を聞いたところ、班員達はそれぞれ単独で私を捜しに出かけたみたいで。私を見つけ次第《しだい》、ケータイで連絡《れんらく》をとりあい、合流する予定だったらしい。守は、私が帰ってきた時のために、一人待機（相変わらず微妙《びみょう》な役所の回ってくる弟だ）。

そこで私、思いついちゃったわけ。

とりあえず守、深夏《みなつ》、下僕《げぼく》（善樹《よしき》）には、守から、「姉貴《あねき》は杉崎が見つけたけど、こっからかなり遠いところだから、時間も無駄《むだ》だし、下手《へた》に合流するより、班を二つにわけて、それぞれ観光することにしようぜ」と電話を入れて貰う。そして杉崎には位置の確認だけして、私がそこに偶然《ぐうぜん》を装《よそお》って現れ、「深夏達は遠いところまで行っちゃったみたいだから、二人で観光しよう」と切り出す。

これで、万事《ばんじ》ＯＫ。我《わ》が弟的にも、下僕こそ一緒とはいえ、杉崎という邪魔《じゃま》がない状態で深夏と一緒に過ごせるならば本望《ほんもう》ということで、ノリノリだったし。

うん、ホント、ここまでは、万事が上手《うま》くいっていたのだ。

ただ、誤算は。

私が舞妓姿のまま、杉崎に、ちょっとしたいたずら心で「どうかしましたか？」と他人を装って話しかけようとした時の話だ。

背後《はいご》まで近づいたところで、彼が、唐突《とうとつ》に振《ふ》り返って逆に私に接触《せっしょく》してきた。

「あ、すいません、星野巡見ませんでしたか？　あの、一応アイドルなんですけど……」

予想外の唐突な言葉に、私はあくせくしつつリアクション。

「い、いえ、見ておりません……どすえ？」

おかげでまだキャラも固まっていない。そんな私を余所《よそ》に、杉崎はぶつぶつと独《ひと》り言。

「もう、ホントどこ行ったんだアイツは！　何度心配かけりゃあ気が済むんだよ、全く！」

「あ、あのぉ……」

「アイツ自分がマジでアイドルだってこと、大事なとこで自覚してねぇんだよなぁ、ホント。あいつに限ってとは思うけど……変な男とかに絡《から》まれてなきゃいいけど……あぁ」

「じゃ、じゃーん！　実は私が――」

「ああ、もう、考えてたらどんどん心配になってきた！　一年の時の失踪騒《しっそうさわ》ぎみたいに、無事でいてくれればいいんだけど……。でもなぁ……失踪するってことは、逆に精神的に弱っているってことだろうし……ああ、どっちにしても心配だ……ああ……」

「え、えーと、だから、ほら、私が――」

「ああ、神様。舞妓さんにうかれていてすいませんでした。俺は舞妓さんと遊べなくてもいいんで、どうか、どうか、あいつが無事でいてくれますように――と、あ、さっきの舞妓さん、どうしました？」

「い、いえ、なんでもー」

　言えるかっ！

　ど、どんだけ正体言い出しづらい空気作り出してんのよ、こいつ！　なんなの！　頬《ほお》が火照《ほて》って仕方ないじゃない！　不覚にも泣きそうじゃない！　めっちゃ嬉《うれ》しいじゃない！

でも今のタイミングでそれ言う必要あった⁉　この状況で「実は私でしたぁー」とか言えてたまるかっ！　勘弁《かんべん》してっ！

　私の憤慨《ふんがい》が微妙に伝わってしまったのか、杉崎は、急にそわそわしだした。

「あ、すいません。先程はお手数おかけしました。それでは……」

「いえ。そのぉ……えーと……」

　やばい、逃《に》がしちゃ駄目だ。それは分かるものの、どう対応したものか、一瞬《いっしゅん》では判断がつきかねた。

「？　まだなにか？」

「えーと……その、人をお捜しなのですか？」

とにかく無駄話《むだばなし》を持ちかける。

「はい。星野巡っていうアイドルなんですけどね。一応俺のクラスメイトでして……。あ、すいません、このこと、あんまり言わないで下さいね。有名人が来ているって騒ぎになっちゃっても……」

「だ、大丈夫《だいじょうぶ》でありんす」

「ありんす？　あれ？　それって京都じゃなくて東京の花魁《おいらん》とかの言葉じゃ……」

「こほん。で、では、そういうことなら、私……いや、あちき？　うち？　わて？」

「いや、初対面の俺に貴女《あなた》の一人称《いちにんしょう》を訊《き》かれましても」

「我輩《わがはい》も協力してしんぜよう。ブゥワァーハッハッハッハ！」

「急にどうしました!?　なんか今自分のキャラ完全に見失いませんでした!?」

「じょ、冗談《じょうだん》です。こほん。……普通《ふつう》に話していいですか？」

「駄目とは一言も言ってないですが。っていうか、なんで普通に話さなかったんですか」

「と、とにかく、そういうことなら私も協力しますよ」

「え？　そんな、悪いですよ。お仕事もあるでしょうし……」

「き、気にしなさんと。うちも休憩《きゅうけい》がてらやさかい、散歩にも丁度いいいうものどす。大船に乗ったつもりで、任《まか》しんしゃい」

「そ、そうですか。……なんか妙《みょう》に祇《ぎ》園《おん》言葉がふわついてますが……」

「よ、よろしゅうお頼《たの》み申します！」

「あ、いえ、こちらこそ、よろしく」

「私の名前は、宇宙《うちゅう》……じゃなくて、星……でもなくて、えと、月……そう、月夜です」

「月夜さんですか。美しい貴女にぴったりの、綺《き》麗《れい》な名前ですね」

「そ、そんなこと……」

く、このナチュラルナンパ野郎《やろう》め！　よくもそんな恥ずかしいことを素直に堂々と初対面の人間に言えるなっ！　自分でつけた名前だから、なんか余計に照れるんですけどっ！

「俺は杉崎鍵《けん》と言います。京都には修学旅行で来ていて……だから全然地理も分からず、正直、困っていたんです。よろしくお願いしますね、月夜さん」

「ま……任せとき！　絶対に星野はん、見つけたるけぇのぉ！」

「え、ええ、ありがとうございます。……なんかいちいち方言に違《い》和《わ》感《かん》あるんだよなぁ」

「なにか？」

「いえ、なんでも」

と、いうわけで。

うん……まあ、あれだね。……分かっているわよ！　ああ、そうですよ！　私はどうせ、自分から泥沼《どろぬま》にはまりましたよーだ！　なによ！　なんか文句ある⁉

＊

「ごちそうさまでした」
「ごちそうさまでした」

比較的廉価《ひかくてきれんか》だった湯葉《ゆば》料理を食べ終え、きっちり食後の挨拶《あいさつ》をする。……本当のことを言えば、私は普段忙《ふだんいそが》しいのもあって、「美味《おい》しかった！」ぐらいで済ます人間なのだけれど。本来同じようなタイプであるはずの杉崎が礼儀正《れいぎただ》しく挨拶するものだから、私もそれにつられて、こんなキャラになってしまっていた。

「なんか上品な味でしたね、湯葉」
「ええ、そうですね。美味しかったです」

上品に微笑《ほほえ》んでおく。……本当は肉とかが良かったけど。そして、杉崎もそうなんだろうけど。二人とも、お互《たが》いに気を遣《つか》ってそんなことは言わない。

月夜として接する杉崎は普段と違《ちが》ってどうにも生真面目《きまじめ》で調子が狂《くる》う。だから私も本来の杉崎に対する「巡」ではなく、堅《かた》い彼に合わせた「月夜」というキャラに成りきってしまっている現状だ。でもそれはまあ……不幸中の幸《さいわ》いとも言えるかもしれない。

不本意ながらよく「大根役者《だいこんやくしゃ》」とか言われる私だけど、これなら、演じているというより条件反射的なものだから、杉崎の目にもあまり不自然には映《うつ》らないだろう。

杉崎が食後に出て来たアイスコーヒーを飲みながら、窓の外、祇園の街を見る。

「それにしても巡のヤッ……」

「ま、まあまあ、事故や事件じゃなかったみたいですし、良かったじゃないですか」

私はそうフォローを入れてぎこちなく笑う。月夜として杉崎と合流してすぐに、流石《さすが》に彼が本気で心配しているのはまずいと、コンビニでケータイを充電して、メールで彼に連絡を入れておいたのだ。

「『そこら辺でテキトーに観光とか買い物しているから、私を見つけたら合流しなさい。それまで自由観光！』なんて勝手な……」

「あは、は。自由奔放《ほんぽう》な人なのね、巡さんは」

「そんないいもんじゃないですよ、あいつは。傍若無人《ぼうじゃくぶじん》、と言うべきです」

「そ、そんなことないんじゃないかしら。きっと、芯《しん》の部分は優《やさ》しい人なんですよ」

「？　妙に巡の肩《かた》を持ちますね？」

「え？　あ、えと、その……わ、私、実は星野巡さんのファンなんです」

「へぇー、ビジュアルだけのあいつにも女性ファンなんているんだなぁ」

「失礼なっ！」

思わずテーブルを叩《たた》いてしまった。杉崎がびっくりした顔をしている。

「す、すいません……」

「あ……。いえ、お、おほほほ。じょ、冗談ですよ、冗談」

「ああ、なら良かった。一瞬、月夜さんが巡に見えてしまいましたよ」

「ふぁ、ファンですからね！」

「そ、そうですか」

微妙な空気が二人の間に漂《ただよ》う。杉崎はアイスコーヒーを、私はレモンティーを飲むペースだけが速まっていく。

……そもそも、どうして杉崎はこんなキャラなのよ。おかしいじゃない。私は世界トップクラスの美少女で、その上今は彼が望みに望んだ、舞妓《まいこ》状態よ？　それでどうして、こんなにテンションが低いの。普通なら、こっちが引くぐらいナンパ行動に出て来ていいはずなのに！　なんなのよ！　そんなに私が駄目《だめ》なの⁉

ずずずぅと一気にレモンティーをすする。

「え、えと、月夜さん？　な、なんか怒《おこ》ってます⁉」

「怒ってないです。ただ……えーと、ちょっとだまっとき」

「やっぱり怒っているじゃないですかっ」

しまった。祇園言葉を使えたことに満足して、キャラそのままで喋《しゃべ》ってしまった。

えーと。

「おおきに、おおきに」

「何に対する感謝です⁉　なんか俺、めっちゃ怒られてます⁉」

「いやいや、そんなつもりは……。えと……ぶぶづけでも食べなはれや」

「帰れと⁉　つまり、俺はもう帰れと⁉　顔も見たくないと⁉」

あ、あれ？　おかしいなぁ。ぶぶづけ食べろって、気遣《きづか》いの言葉じゃなかったっけ？

「そないなこと言わんと、兄さん。せわしないわぁ」

ええと……とにかく……。

「え？　あ、す、すいません。つい頭に血が上ってしまい……」

「なんぼ元気な男の子やいうたさかい、限度いうものがありますえ？」

「はい、なんか、テンション上げてツッコンで申し訳ありませんでした……」

「ほんま、しょうもないわぁ」

「月夜さん、祇園言葉になるとなんで急に俺に厳《きび》しいんですかっ！」

なんか杉崎が落ち込んでしまった。うぅ、無理に祇園言葉乱用すると、どうも使い慣《な》れてないせいで感情が偏《かたよ》るわ……。これは、もう、やめておきましょう。うん。

「すいません、杉崎さん。私まだ、祇園言葉には慣れておりませんで……」

「あ、そ、そうなんですか。でも、さっきはクセでよく出るって……」

「そんなことありませんでございやすどすえ」

「うん、祇園言葉に慣れてないっていうのは、凄《すご》く伝わってきました」

「えと、クセっていうのは、つい言葉をミックスしてしまうクセと言いましょうか……」

「そうなんですか。ははっ、そう聞くと、なんだか可愛く思えますね」

「か、可愛い……」

あぅ、照れる。杉崎が、わ、わ、私のこと可愛いって！　キャー！　信じられない！

こんなこと、あっていいの!?

「月夜さん、月夜さん！　どうしたんですかっ、急にテーブルをガシガシ叩いて！」

「あ。こほん。なんでもないどすえー」

「なんでもないどすか」

「ええ、なんでもないどす」

レモンティーを飲んで気持ちを落ち着ける。そうして、私は改めて質問を切り出した。

「ところで杉崎さん、巡さんとはその……どういう関係なのですか？」

「関係？　いや、さっき説明しましたように、クラスメイトですけど」

アイスコーヒーに口をつけつつ、彼が首を傾《かし》げる。

「えーと、そうではなくて、その……同じ班みたいですし、クラスメイトでも、仲の良い方なのかなって思いまして」

髪《かみ》を指先でくるくる弄《もてあそ》び、少し視線を逸《そ》らしながら追及。

「あー……まあ、そうですね。仲が良いかと言われたら、正直《しょうじき》疑問ですが、よくつるんではいますね」

そんな、悪友みたいな言い方しないでも……。なによっ。

「その……実は恋人《こいびと》さんだったり？」

「ぶはははははははあははは！　はは！　ひー！はははははははははは！」

大爆笑《だいばくしょう》された！

「お、お、俺と巡が恋人……くく、はははは、あはははははっ――」

「殺しますえ？」

「なんで⁉　ど、どうしたんですか、月夜さん！　なんか凄い怒ってます⁉」

「……なんでもないどす。どすどす」

「祇園言葉もおかしいし！　な、なぜか分かりませんが、すいませんでした……」

「まあ……いいですけど」

もう、なんなのよ！　そんなに爆笑しなくてもいいじゃない！　そりゃ、私と杉崎は恋人じゃないけどさ……。

「えーと、話戻《もど》しますけど、俺と巡は、友達ですよ。まあ普通《ふつう》のクラスメイトよりは、仲良いですけど……恋人とかでは、ないです」

「……はぁ」

「なにやらご期待に添《そ》えなかったようで……」

「杉崎さんは……巡さんのこと、好きとかでは、ないのですか？」

「いや、それは好きですよ？」

「そうなんですか……やっぱり……はぁ。…………………。……え？」

今、凄い言葉聞かなかった？　あれ？　幻聴《げんちょう》？　俯《うつむ》き加減《かげん》だった顔をバッと上げると、杉崎はアイスコーヒーを飲み切りつつ、照れた様子もなく普通に語っていた。

「そりゃ俺も嫌《きら》いなヤツとつるむほど人間出来てないですから。好きか嫌いかって話なら、そりゃ巡のこと好きですよ。大好きですよ」

「だ、大好き……」

「まあ、別に女性としてどうこうっていうわけじゃ――」

杉崎が何か言いかけてたけれど。もうそんなもの聞いちゃいない私は、思い切り席を立って、彼の手を引いた！

「杉崎さん！　行きましょう！　巡さんを捜しに、レッツら、ゴーです！　やほー！」

「どうしたの⁉　月夜さん⁉　なんかキャラ変わってますが⁉」

「ほら行きましょ行きましょ！　祇園《ぎおん》の街は楽しいですよ！　あ、店員さん、これ代金！お釣《つ》りはとっときなはれや！」

「月夜さん⁉　なんなの⁉　飲酒⁉　飲酒でもした⁉　なんか別人のようなテンションになってますけど！」

「私達の冒険《ぼうけん》は、これからどすえ――――――――！」

「打ち切り⁉」

そんなわけで私達は、改めて、星野巡捜し（見つかるはずなし）を再開した。

＊

鴨川《かもがわ》方面から八坂《やさか》神社の方へと、四条《しじょう》通り……祇園商店街を二人で歩く。道の両側には、びっしりと多くの小店が並び、短い道のりながらも一軒一軒を見ていたらあっという間に時間が過ぎてしまうほど、充実《じゅうじつ》した通りだ。

私は一応「舞妓」という設定のため、こっそりパンフレットで確認した知識を総動員しつつ、テキトーなことを喋《しゃべ》りながら杉崎と商店街を歩いた。

「巡さんがこの辺で買い物をするとしたら、やっぱりこの祇園商店街じゃないでしょうか」

「そうですね。……しかし、こりゃ捜すのが思っていた以上に骨そうだ……」

だってそれが狙《ねら》いだもの。これで見つからなくても、全然不自然じゃないでしょ。

「小さい店が沢山《たくさん》並んでますし、人も多いですからね。まあ、観光しつつ、気長にいきましょう」

「気長に……ですか」

杉崎はどうにも不満そうだった。な……なによ！　私と歩くのは、そんなに楽しくないわけっ⁉

「杉崎さんは、商店街で何か買いたいものとか無いんですか？　折角《せっかく》なんですし。ここなら色んな店があるんで、大概《たいがい》のお土産《みやげ》なら買えると思いますよ？」

どうにか彼のテンションを上げてやろうと、質問を繰《く》り出す。すると杉崎は、しばし考えた末……ぽんと、手を叩いた。

「エロ同人誌屋はありますか？」

「無いですよ！」

「む。月夜さん、嘘《うそ》つきですね。大概のものは揃《そろ》って言ったじゃ……」

「発想が残念すぎます！ なんで京都の土産という言葉から、それが真っ先に出てくるんですかっ！」

「え？ いや、京都と言えば、『るろう○剣心《けんしん》』に出てくる、巻○操の同人誌とかが豊富《ほうふ》な土地なのかと……」

「京都のイメージが貧困《ひんこん》！」

「むむむ。で、では、まさか、戯言《ざれごと》シリーズの同人誌が豊富だったりも――」

「しねぇよ！」

「え？」

「あ、いいえ、しねえですわよ！」

「月夜さん、それは丁寧《ていねい》に言い直されてないです！」

やばい。月夜ってどういうキャラだっけ。こほんと咳払《せきばら》いで誤魔化《ごまか》す。

「と、とにかく！　もっと普通に京都らしいリクエストは無いんですかっ！」

「えと、じゃあ、舞妓さんの帯《おび》をぐるぐるやりたいです」

「出来ませんっ！」

「ええ⁉　じゃあじゃあ、殺人事件に巻き込まれちゃったりする美人ＯＬ三人組が泊《と》まっている宿で、『こんな時間にいいの？』的な胸が見えたりするイベントは……」

「ありませんっ！」

「ピザ〇ラは？」

「あるけど京都らしさ一切《いっさい》無し！　他で！」

「じゃあ、京都タワーでおばんざい食べながら清水寺《きよみずでら》の方を見つつ、群衆の前で京美人を抱《だ》きたいです」

「京都らしっ！　でも残念ながら法的にＮＧ！」

「安倍晴明《あべのせいめい》に会いたい」

「来るのが大分《だいぶ》遅《おそ》かったんじゃないでしょうかっ！」

「グランドキャニオンが見たい」

「じゃあアリゾナ州に行け！」

「哀○翔が美輪○宏と、ノリノリで『ハレ晴○ユカイ』を歌っているところが見たい」

「それは私も見たい！」

「死んだアイツにもう一度会いたい」

「京都への期待が重すぎる！」

「安西《あんざい》先生、バスケがしたいです……」

「なぜ京都へ来たし！」

「月夜先生、舞妓《まいこ》が抱きたいです……」

「祇園の人混《ご》みで舞妓相手に何宣言してんの⁉　そろそろ普通に捕《つか》まるわよ⁉」

「じゃあ、お守りが欲しいです」

「あ、それなら沢山……」

「え、あるんですか⁉　ハーレム＆淫乱《いんらん》生活祈願《きがん》守り！」

「ごめん、残念ながら京都の神様はそんな邪悪《じゃあく》な願いにまでは対応されてないわ」

「ふぅ……やれやれ。京都って、意外と何も無いんですね」

「京都の皆《みな》さんに謝《あやま》れ！　全力で謝れ！」

ぜぇぜぇと息を切らせてツッコンでいると、ふと、杉崎がくすくすと笑い出した。何がなにやら意味が分からずぽかんとしてしまう。

「えと……なんですか？　杉崎さん」

「いえ。月夜さん、なんか俺の親友みたいなノリでツッコンでくれるなって」

「あ……」

し、しまった！　若干《じゃっかん》キャラを忘れてしまっていたわ！　狼狽《ろうばい》する私をよそに、しかし、杉崎は何かに気付いた様子もなく、ただただ嬉《うれ》しそうに言葉を継《つ》いだ。

「なんか、嬉しかったです。正直ちょっと緊張《きんちょう》していたんですけど、打ち解《と》けた感じがして」

「え？」

「なんていうか……俺なんかは、そういう風に、厳しく接して貰《もら》えるぐらいが、丁度《ちょうど》いいんですよ。だから、敬語なんか遣《つか》わないで、これからも、今みたいにビシビシ色々言ってやって下さいよ」

そう言って満面の笑みをこちらに向ける杉崎に……私は再び胸を撃《う》ち抜《ぬ》かれ、慌《あわ》てて視線を逸《そ》らした。

な……なによ、このイケメン野郎《やろう》！　わ、わ、わ、私だからいいものの、その、これ、本当に初対面の女だったら、完全に落ちてたわよ！　天然フラグ製造機め！　こいつはホント、狙わないところで評価が高くなるタイプね！　今分かったわ！　私こと月夜に対して、攻略《こうりゃく》してやる云々《うんぬん》より「クラスメイトを一緒《いっしょ》に捜《さが》して貰っている恩人」という意識があるから、こんな、イケメン成分数割増し状態なのね！

あぅ、駄目《だめ》だ。胸がまだドキドキしている。

「あ、そうだ、巡を捜すのは勿論《もちろん》ですけど、月夜さんは何か買いたいもの無いですか？　どうせ捜す指針《ししん》も無いんで、付き合いますけど」

「そ、そうですか……それなら……。先日うちのを壊《こわ》してしまったから買っておきたいんですが……」

「ええ、どうぞどうぞ、なんでもリクエストして下さい」

「それじゃあ……」

私はぽっと頬《ほお》を染めながら、少し照れつつ告げる。

「サンドバッグを、三つほど……」

「貴女《あなた》に俺へツッコむ資格は無い！」

「ええ⁉　なんでですか⁉　私、何か変なこと言いました⁉　あれ⁉」

というわけで、私達の楽しい京都観光は続く。

＊

しばし祇園商店街を回りつつ、途中花見小路《とちゅうはなみこうじ》に入りそのまま建仁寺《けんにんじ》を軽く見学。そうして、再び引き返してきて、現在八坂神社方面へと祇園商店街見学を再開。そうこうしている間に、なんだかんだでもう夕方三時前だった。

京都観光と言いつつ、今日見た場所は商店街と花見小路、建仁寺ぐらいでしかない。杉崎と一緒だから私は満足だけど、「巡を捜してこうなっている」と思い込んでいる杉崎は、どうにも不満そうだ。

「はぁ……巡のヤツ、ホント、どこ行ったんだ……」

くたびれた様子の杉崎を見て、そろそろ潮時《しおどき》だと察する。残念だけど、もう宇宙巡に戻《もど》らなきゃいけないようね。ケータイで時間を見つつ、計算する。

着替《きが》えた場所はここからそう遠くないけど、それでも移動と着替え、メイク落としを全部含《ふく》めれば、どう軽く見積《みつ》もったって一時間はかかる。もう観光は無理でしょうね。だったら……。

「ねえ、杉崎さん。商店街を見ていても埒《らち》が明かないですし、ここは、観光兼《か》ねて八坂神社に向かいませんか？」

「神社……ですか？　でも巡は買い物をしているって……」

「えと……ほら、八坂神社にはお守りもおみくじも、恋《こい》みくじだってありますし。女の子なら、行ってもおかしくないんじゃないかなって思うんですが」

「そうですか。なら、行ってみましょうか、八坂神社。確かに俺も見たいですし」

というわけで、商店街見学をそこそこに、二人八坂神社へと向かう。

……それにしても、やっぱり杉崎と二人でこうして京都の街を歩いているのが不思議で……そして、幸せで。私は何度も彼の方を見てしまっては、時折目が合って、優しく微笑《ほほえ》み返され、顔を赤くして俯《うつむ》く。もう……今日一日、ずっとこれの繰り返し。……なによ、巡！　あんたはいつから、そんなに弱い女になっちゃったわけ⁉

ああ、もう、なんか全然いつもと違《ちが》うわ！　杉崎といい空気にはなりたいけど……でも、こんなの、なんか違う。嬉しいけど、楽しいけど、幸せだけど……どうしてだろう。月夜として杉崎と過ごす間、ずっと、胸の奥に何かが燻《くすぶ》っている。

「へぇー、ここが八坂神社か。流石《さすが》、有名な神社だけあって、なんか目立ってますね。赤いからかな？」

「そうですね……」

八坂神社の鳥居《とりい》をくぐりながらも、ずっと頭の奥ではぐるぐる自分の気持ちを考えていた。今はもっと杉崎とのデートを楽しめばいいハズなのに……なぜか、止められない。

私は、杉崎のことが好き。

理屈《りくつ》じゃなく好きだし、理屈立てても好き。こいつを好きになる理由は沢山あって、それは何から何まで全部説明出来るし、でも、多分大事なことは言葉じゃ説明出来ない。

でも、ハッキリ分かっていることは、私は、ちょっと悔《くや》しいけど、コイツといる時が一番幸せだって……楽しくて楽しくて、気持ちがふわふわしてしまうんだってことで。

なのに。

どうしてなんだろう。

今日は……どこかで、心からこの幸せを享受《きょうじゅ》出来ていない自分がいる。

「月夜さん……どうかしました？」

「え？」

渋《しぶ》い顔をしていたせいだろうか。杉崎が、唐突《とうとつ》に、心配そうに私を覗《のぞ》き込んできた。私は慌てて首をぶんぶん振《ふ》る。

「な、なんでもないです！　幸せです！」

「なんか想像以上に重い答え返って来た！　そ、そうですか。まあ、幸せなら、それでいいんですけど……」

「あはは……」

「……ホント、月夜さんは不思議な人ですね。捉《とら》えどころが無くて」

八坂神社の境内《けいだい》を見学しながら、杉崎は続ける。

「親切で、丁寧《ていねい》で、礼儀《れいぎ》正《ただ》しくて、でも陽気で、気さくで、変わってて。こんなに分からない人に会ったのは、俺、初めてですよ」

「そう……ですか」

そりゃそうだ。だって、そもそも私が月夜のキャラを作りきれてないもの。

それでも杉崎は、とても楽しそうに私……「月夜」という人を語る。

「でも、だからかな。なんか、月夜さんといると、楽しかったです」

「…………」

なんでだろう。嬉しいのに……嬉しくない。

「あ、これ口説《くど》くための出任《でまか》せとかじゃないですからね？　普段《ふだん》ならそうなんだけど……ええと、月夜さんは、恩人だし……それに、美人さんなんだけど、なんか、そういうこと以前に、人間として……なんて言ったら立派《りっぱ》すぎるけど、こう、友達として、一緒にいて凄《すご》く楽しい人だなって」

「そう……ですか」

友達として、か。月夜になっても……まだ、私は、杉崎にとって、そういう括《くく》りでしかないんだね。

「だから、今日はとても楽しかったです。一緒に捜してくれたことだけじゃなくて……ホント、色々ありがとうございました」

「……こちらこそ。今日は、とても楽しかったですよ」

そう、微笑んで返す。それは正直《しょうじき》な気持ち。だけど、嘘《うそ》の気持ちでもある。なんかもう……ぐちゃぐちゃだ。私はいつからこんなに弱くなった？　杉崎の一挙一動でこんなに心かき乱されて……。

でも、「それが恋」なんて単純な言葉で済ませたくない。私は……星野巡は、そういう、弱い女になりたくない。そう思って、ずっと、生きてきた。アイドルになったのは生徒会役員を見返すためだし、杉崎の隣《となり》に並ぶためだけど……なにより、自分を誇《ほこ》るためだ。だというのに……私はまだこんなことで、うじうじと……。

「あ、月夜さん、おみくじやお守りがありますよ。何か買いませんか？」

「あ、そうですね。じゃあ、記念に……」

二人、販売所《はんばい》の方へと向かう。正直、今の状態でおみくじという気分でもなかったため、私はお守りの方に直行した。杉崎はと言えば若干恋みくじの前で逡巡《しゅんじゅん》した後、やっぱり何かを決意した表情で、こちらに向かってきた。……うん、あんたはそういうヤツだ。恋に関しては、占《うらな》いでどういう結果が出たとか、結局関係無く前に進んじゃうヤツだもんね。

二人、お守りを物色《ぶっしょく》する。

「わ、色々あるんですね。恋愛《れんあい》、健康、学業……試験合格なんてのもあるのか」

「杉崎さんは……」

「当然恋愛です！　すいません、これ下さーい！」

「ですよね」

わ、分かりやすい男だ。占いで神様に意見は聞かずとも、力を貸して貰うことには一切抵抗《ていこう》が無い。

「よっしゃ、これで俺はモテモテだぞ……。帰ったら急にキスされるかも」

「お守りへの期待度が高すぎる！」

「月夜さん、月夜さん。どう？　急に俺に抱《だ》かれたくなった？」

「そんな効力あるなら、八坂神社はむしろ今すぐそのお守りの販売を中止すべきだと思います！」

「ええー。まあ、いいや。きっとジワジワ効《き》いてくるんでしょう。それで、月夜さんは、どのお守りを買うんですか？」

「私は……」

杉崎をちらりと見て、恋愛守に手を伸《の》ばす。……こいつに、好きになって貰う……か。

…………。

「月夜さん？」

「……やっぱり私は、これにします。すいません、これ下さい」

代金を納《おさ》めて、私はお守りを受け取る。掌《てのひら》に載《の》せたそれを見て、杉崎は、首を傾《かし》げた。

「上達守《じょうたつ》……ですか？」

「ええ、上達守。芸事《げいごと》とか習《なら》い事とか、そういうものの上達を祈願《きがん》して」

「へぇ……流石舞妓《まいこ》さん。真面目《まじめ》ですね」

「そんなことないです」

私はそう笑って、杉崎に返し、そして、上達守を握《にぎ》りこむ。

……うん。そうだ。私は、もっともっと、強くなりたい。自分を誇りたい。その先にこそ、きっと、もやもやなんかしないで、こいつの隣で笑える未来が、あるんだから。私はただ好きな男に媚《こ》びるだけで満足する、安い女にはならない。

アイドルとして……ううん、星野巡として。私は、もっともっと、輝《かがや》いてみせる。

「よっし」

改めて決意したら、なんだか、少し吹《ふ》っ切れた。上達守をしまい、そのままの流れで本《ほん》殿《でん》を参拝《さんぱい》し、そうして……二人での、観光を、終える。

八坂神社を出る道すがら、杉崎が声をかけてきた。

「なんか……今日一日連れ回してしまって、申し訳ありませんでした。結局巡も見つからなかったし……」

「いえ、そんなこと。私も楽しかったですから、全然いいですよ。それと……巡さんは、一時間後ぐらいに、この辺で見つかるんじゃないでしょうかね」

「え？　なんでですか？」

「女の勘《かん》です」

「出た、神秘の力、女の勘！　全く根拠《こんきょ》無いのになぜか高い的中率を誇る脅威《きょうい》の能力、女の勘！　マジですか！　じゃあ……その辺ぶらぶらして、また、一時間後ぐらいに来てみようかな、八坂神社前」

「是非《ぜひ》そうして下さい。きっと巡さんと会えますから」

そんなやりとりを交《か》わし、そうして、私は杉崎に向き直る。ちょっと名残惜《なごりお》しいけど……もう、月夜は、いい。

「それでは、杉崎さん」

「はい。今日は本当にありがとうございました」

「いえいえ。では、またいつかどこかで」

「は、はい。あ、あと……。その……」

「？」

去ろうとすると、杉崎は、頭を掻《か》きながら照れた様子で、声をかけてきた。

「その……月夜さんはきっと、凄い舞妓さんになれると思います！」

「え？」

「あ……その、八坂神社での月夜さんの顔、なんだか、凄く格好良くて。正直、その、同い年ぐらいなのに……俺なんか全然まだまだだったなって、身が引《ひ》き締《し》まりました」

「そう……ですか？」

不思議なことを言うわね。それは、むしろ私の方なんだけど。いつだって、私はあんたの背を追って――

「俺、頑張《がんば》りますから！　なんて言ったらいいのか分からないけど……その、勝手に対抗《たいこう》心《しん》燃やしてるみたいですけど、その、絶対、絶対、負けませんから！」

「――」

杉崎の、びっくりするほど純粋《じゅんすい》な瞳《ひとみ》に、私は思わず呆気《あっけ》にとられる。

……ああ。なんだ。私達って、ホント……お互《たが》い……。

私は……彼の真摯《しんし》な言葉に、最後に、「舞妓の月夜」として、余裕《よゆう》の笑みを浮《う》かべて、精一杯《せいいっぱい》の演技で……告げてやることにした。

「精進《しょうじん》しなはれや、杉崎はん」

「……はい！」

彼に背を向け、祇園《ぎおん》の街へと歩き出す。

……うん。そうだ。今日一日感じていたもやもやの正体が、今、ハッキリした。私は、彼の後ろをついて回りたいんじゃない。彼に手を引いて貰《もら》いたいんじゃ、ない。

私は、ただ。

彼と共に、肩《かた》を並べて、歩きたかったんだ。

＊

一時間後。八坂神社前にて。

「お……巡！」

「あら、杉崎。ご機嫌《きげん》よう」

「ご機嫌ようじゃねぇよ！　お前……っつうか走れ！　優雅《ゆうが》に歩いてんじゃねぇ！」

急いで着替《きが》えを終え、一時間ぶりに再会した杉崎は、月夜として接していた時とはまるで反対に、鬼《おに》の形相《ぎょうそう》でかんかんに怒《おこ》っていた。うーん……相変わらず人によって態度ころころ変える男ね……。

「やぁー、お互い、今日は京都満喫《まんきつ》したわねぇ。満足満足」

「いや満足じゃねぇよ！　俺、今日祇園しか歩いてねぇよ！　しかも八割人捜《さが》しだったよ！」

「そうなの？　それは知らなかったわ。ご苦労様なことで」

「なにその他人事な感じ！　お前に良心の呵責《かしゃく》という物はないのか！」

「なにそれ？　湯葉《ゆば》より美味《おい》しいの？」

「鬼かっ！　お前なんか八坂神社で祓《はら》われてしまえっ！」

「まあまあ、いいじゃない。昨日から祇園行きたい行きたい言ってたでしょ、杉崎」

「こういうカタチでじゃねえよ！　俺はもっとこう、舞妓さんと——」

「会えなかったの？」

「……会えたけど……」

杉崎は少し照れた様子で、視線を逸《そ》らす。私はニヤリと微笑《ほほえ》み、質問を続けた。

「ほうほう。それは良かったじゃない。可愛かった？」

「ふん、お前なんか比《くら》べようもないほど、滅茶苦茶《めちゃくちゃ》可愛かったわ！」

「そ、そう……」

「なんだその笑いそうな照れたような気持ち悪い顔は」

「う、うるさいわね。そ、それで、どうだったのよ、その、月夜さんとの一日は」

「ん？　あれ？　俺、名前言ったっけ？」

「あ……。うん、今、マインドリーディングで読んだ」

「あれ!?　弟だけじゃなくてお前も超能力《ちようのうりよく》持ちだったの!?」

「一生に一回しか使えないけどね」

「なにその急なとら○ラ的設定！　そしてその大事な一回、なぜここで使った!?」

「い、いいじゃない、そんなこと！　それで、どうだったのよ！」

「ええ？　どうだったって言われても……まあ、その、楽しかったよ。月夜さん……お前と違《ちが》って、もんの凄《すげ》ぇいい人だったし」

「そ、そう」

「だから、なぜお前はいちいち赤くなって若干《じゃっかん》噴き出しそうな気持ち悪い顔をする」

「うっさい、死ね」

「お前はホント月夜さんと正反対だな！　ああ、そういう意味じゃ、お前じゃなくて、月夜さんと一日過ごせて、ある意味ラッキーだったよ」

「ほうほう」

「だから、なんなんだお前のその妙《みょう》な反応は」

「やー……わ、私も月夜さんと、会いたかったナー」

や、やばい、なんか噴き出しそうだ。私の反応に、杉崎は本気でご立腹《りっぷく》だった。

「お前、月夜さんを馬鹿《ばか》にすんな！」

「や、そ、そういうつもりじゃないんだけどね……うくく」

「つ、月夜さんは凄ぇ人なんだぞ！　今の俺が、最《もっと》も尊敬する女性の一人と言っていいぐらいだ！」

「そ、そうなの。ふーん」

なんか……自分のことなのに、ちょっと悔《くや》しい。なんなんだろう、この感情は。

私が急に押《お》し黙《だま》ったせいか、杉崎は少し戸惑《とまど》い、そして「ほら、班員とは京都駅で合流らしいから、近くの駅まで歩くぞ」と前を歩き出した。

私はそれについていきながら……彼の背に、声をかける。

「ねえ、杉崎。一つ訊《き》いていい？」

「あー？　なんだよ。月夜さんのことならもう言わないぞ。あの人は、笑いのネタにするような人じゃねーんだ。ホント、恩人だし美人だし偉大《いだい》な人だし……」

「そ、それ以上は照れるからやめて！」

「だから、さっきからなんでお前が照れるんだよ！　情緒《じょうちょ》不安定かっ！」

「そ、そんなことより！　その……杉崎の尊敬する女性だけど」

「ああん？」

「……月夜さん以外は……誰《だれ》なのかな……って」

音量が尻《しり》すぼみになってしまう。そのせいで聞こえなかったのか、それとも完全に怒ってしまったのか、杉崎は無言で前をずんずん歩いて行ってしまった。私はそれに慌《あわ》ててついていきながら、思わず俯《うつむ》く。

……………はぁ。駄目《だめ》だなぁ、私。月夜の時は、あんなに上手《うま》く杉崎と接することが出来たのに。巡《もど》に戻った途端《とたん》、これだ。すぐケンカになって……意地張り合って……。もう、ホント、最悪——。

「……お前だよ」

「え？」

「……尊敬するヤツ。生徒会のメンバーとか他にもいるけど……ある意味一番は、やっぱり、お前だと思う」

「……え、あの、それって……」

「ああ、もう、うっせぇなぁ！　なんなんだよ、今日のお前は！　消えて、捜させて、色々馬鹿にして、果てはすげぇ恥《は》ずかしいこと言わせて……うざいにも程があるぞ、おい！」

「ふふ……そっか。私かぁ……ふふ」

「俺の怒《いか》り無視して悦《えつ》に入《い》るのやめてくれます!?　ああ、もう、言わなきゃ良かった！」

「ほらほら、杉崎、深夏達とさっさと合流するわよ！」

「お……お前が仕切るなぁ————————っ！」

私は……一歩前に出て、彼の隣《となり》に並び、笑顔で夕暮《ぐ》れの京都を歩き出した。

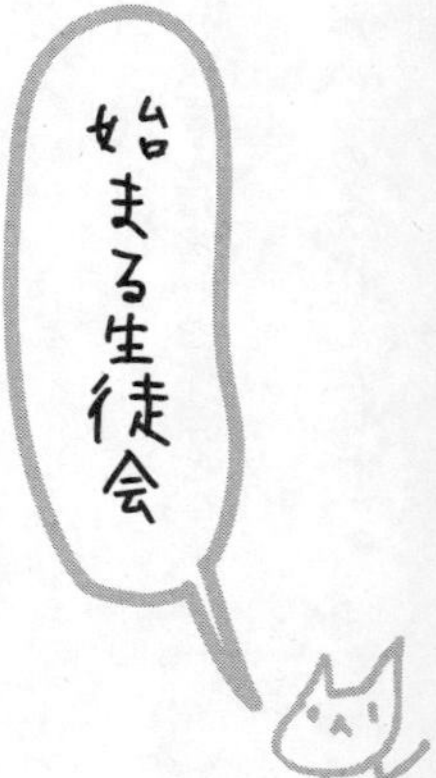

「この人達のおかげで、今の碧陽学園があるのかもね」

by 知弦

【始まる生徒会――碧陽《へきよう》学園生徒会サーガ　エピソード0?――】

「ふむ……これは興味《きょうみ》深いわね」

「あれ？　知弦《ちづる》さん、何読んでいるんですか？」

いつもの放課後。しつこくまとわりついてくる宇宙姉弟《うちゅうきょうだい》や中目黒《なかめぐろ》を振《ふ》り切り、ようやくたどり着いた生徒会室では、知弦さんが一人、何か古めかしいノートのようなものを読んでいた。

俺《おれ》が自分の席に着きながら声をかけると、彼女は「ああ」とにこやかに微笑《ほほえ》む。

「他人の日記よ」

「なにサラリと最低の行動しているんですかっ！　やめて下さい！」

目の前のノートに手を伸《の》ばし閉じさせようとすると、知弦さんはそれを体ごとひょいとかわした。

「勘違《かんちが》いしないで、キー君。これにはちゃんとした理由があるのよ。仕方ないわ」

「理由……ですか？　あ、誰《だれ》かの落とし物だったとか……」

「いえ、単純に中身が面白《おもしろ》そうなのよ」

「それは全然仕方なくないでしょう！」

「ほら、本屋で何か漫画《まんが》を買おうと思った時に、試《ため》し読みのつもりで立ち読みしたら、面白くて、ついついそのまま最後まで読んじゃった……なんてお茶目な事態《じたい》があるじゃない？　あれと同じよ」

「違いますよ！　そんな可愛いもんじゃないですよ！　面白そうだからって他人の日記読むのが正当化されたら、世の中にプライバシーなんて無《な》──」

俺が激しく抗議《こうぎ》を始めた時。知弦さんはその問題のノートに目を落とし、そして、唐突《とうとつ》にそれを読み上げた。

「五月一日　晴れ　碧陽学園改造プロジェクト、始動」

「めっちゃ面白そうですね！」

不覚にも食いついてしまった！　知弦さんが「でしょう」と微笑む。

「戸棚《とだな》の整理してたら出て来た、約十年前ぐらいの日記らしいんだけど……この最初の一文を見たら、もう、読まないなんて選択肢《せんたくし》は無くなったわ」

「確かにっ！　これは面白そうだ！　面白そうだからという理由で、読んでいいレベルの面白さだ！」

善悪の判断基準がふっわふわしている俺だった！　これは仕方ない！　うん！　仕方ないな！

共犯者を得て、知弦さんが調子づく。

「五月六日　くもり　ぼくの活動はまだまだ小さな火種《ひだね》だ。でもこの火種が、いつか、碧陽学園の闇全《やみすべ》てを拭《ぬぐ》い去《さ》る業火《ごうか》となってくれることを、心から願わずにはいられない」

「これは読んでいいです、知弦さん」

「見事に掌《てのひら》を返したわね、キー君」

呆《あき》れたようにしながらも妖《あや》しく笑う知弦さんに、俺は至って真面目《まじめ》な表情を返す。

「これはもう、日記じゃないです。小説です。ライトノベルです、エンターテインメントです。つまり、誰かが読んでいいものなのです。『生徒会の一存』と同じです」

「私が引くほど自分を正当化したわね。ふふ、でもキー君のその考え方、嫌《きら》いじゃないわ」

「さ、知弦さん。こういう他人のプライベート暴《あば》きに敏感《びんかん》そうな美少女三人が生徒会室に来る前に、続きをお願いします」

「どれだけ先が気になっているのよ……いいわ、じゃあ、要点だけ読んでいきましょうか」

「おじさん、早く早く！」

「はーい、もう始めるからねぇー。飴《あめ》でも食べながら待ちんしゃい」

「わーい！」

というわけで、俺達は、紙芝居《かみしばい》を鑑賞《かんしょう》するかのようなテンションで、その謎《なぞ》の日記の検証を始めた。

＊

五月七日　雨　今日は雨だった。心の火種が消えた。やる気が起きない。帰って寝《ね》る。

「こいつ駄目《だめ》人間だっ！　物語終わった！」

「いやこれ、日記だから、キー君。ええと……続き読むわよ？」

五月八日　雨　今日も雨だ。雨自体はそこそこ好きなぼくだが、ジメジメした空気までは好きになれない。いくら傘《かさ》を差しても、登下校の際に靴下《くつした》や肩口《かたぐち》が濡《ぬ》れるのも、大嫌《だいきら》いだ。家でテレビ見ている時にザーザー鳴って五月蝿《うるさ》いのも気になるし、雨上がりにミミズがアスファルトに出てくるのも不快だ。

……ん、あれ？　やっぱりぼく、雨嫌いなんじゃないか？


「キー君、これ、日記だから。文章に意味無くても、怒《おこ》っちゃ駄目よ」

「知らねぇよ！」

五月九日　晴れ　今日は晴れた。心がとても清々《すがすが》しい。登下校に傘を持ち歩かなくていいというのは、大変素晴《すば》らしい。ただ、今日は日差しが強い。窓側の席のぼくとしては、肌《はだ》が火照《ほて》っていやだ。……やっぱり晴れも嫌いだ。帰って寝る。
五月十二日　くもり　曇《くも》った。曇ったら曇ったで、こう、中途半端《ちゅうとはんぱ》さが気になる。なんかテンション下がる。帰って寝る。

五月十三日　雨　雨は嫌いだ。帰って寝る。

「お前ホント駄目だな！」

「だから、日記にリアルでキレちゃ駄目よ、キー君」

「だってこいつ！」

「ええと……じゃあ、話が進展する、三週間後まで飛ぶわ」

「三週間もずっとこの調子なの!?」

「基本天気の話題と、彼のテンションが落ち続ける様子が延々描《えが》かれているわ」

「どんだけダウナー系のヤツなんだよ、こいつ！」

六月四日　雨　雨だ。死のう。

「順調にテンション下がってんな！　確かに話は進んだけど！」

「あ、間違《まちが》えたわ。具体的に進むのは、この翌日からね」

六月五日　かゆ……うま……

「遂《つい》にゾンビ化し始めた⁉」

「あ、ごめん、違《ちが》うわ。この三週間の間に、バイオ〇ザードにはまった描写《びょうしゃ》あったから、これはたぶんそれの影響《えいきょう》よ」

「リアル日記でなにやってんだよ、こいつ！」

「あ、ここからが、この日記の本番ね」

六月六日　霧雨《きりさめ》　なんだかんだで霧雨が一番ウザイ天気かも……死のう、という日記で終わろうと思っていたけど、今日はそうもいかなくなった。

植野《うえの》春秋《はるあき》がぼくに話しかけてきたからだ。ここ最近はあまり接触《せっしょく》が無かったから油断していた。帰りがけにアイツのクラスの前を通りかかったのが、運の尽《つ》きだった。

春秋は本当に厄介《やっかい》な男だ。爽《さわ》やか、イケメン、文武《ぶんぶ》両道、無邪気《むじゃき》スマイル、超人望《ちょうじんぼう》、熱《ねっ》血気質《けっきしつ》、実力の伴《ともな》ったお人好《よ》し、多趣味《しゅみ》、豪快《ごうかい》、それでいて冷静沈着《ちんちゃく》……とまあ、総合的に見て四百拍子《びょうし》ぐらい揃《そろ》った、パーフェクト野郎《やろう》である。

それだけに、ぼくはこいつが苦手《にがて》だ。

苦手なのに、なぜか、ぼくはこいつの親友だ。いや、ぼくから親友などと言ったことは一度も無いが、なぜか、こいつの方はぼくを親友と呼ぶのだ。たまに心の友と書いて心友と呼んだりさえする。ジャイ○ン以外にそんなことを堂々と本気で言うヤツは、春秋ぐらいしかいないだろう。無論、ぼくからの反応は、の○太くんのそれと相似《そうじ》である。

つまり、一言で言って、彼は災害なのだ。ぼくにとっての、天気以上の災害。大自然《だいしぜん》の摂理《せつり》級アクシデント、史上最悪のトラブル、人生通してのアンラッキーパーソン、植野春秋。それに話しかけられたのだから、天気の話題をしている場合ではない。

春秋の用件は、いつも通り、特になかった。アイツは何の理由もなく毎回ぼくに馴《な》れ馴《な》れしく話しかけてくるのだ。そういう男なのだ。そしてその度《たび》に、男女混合の彼の取り巻き達が、ぼくを異物でも見るような戸惑《とまど》った視線で睨《にら》むのだ。たまったもんじゃない。

正直《しょうじき》なところを言えば、既《すで》に文面から伝わっているかもしれないが、ぼくは春秋自身のことがそう嫌いでもない。俗《ぞく》に言う、ツンというヤツだろうか。素直《すなお》に認める気はサラサラ無いが、前述《ぜんじゅつ》したような人間性を、評価しないわけじゃない。

しかし。しかしだ。

人気者と日陰者《ひかげもの》の間には、ロミオとジュリエット以上の垣根《かきね》があることを、人気者側の人間は理解しなければならない。日陰者側はとっくに理解している。

太陽は、無闇《むやみ》に影《かげ》に近づいてはいけないのだ。

春秋はいつだって人の中心だ。それは、たかが学生のコミュニティと言えど、最早《もはや》一つの国家の長と言っていい。それが、あろうことか、ぼくみたいなつまはじきものを「親友」呼ばわりして、ニッコニコ近づいてくるのだ。

これを最悪と言わずして、なんと言う。

……もう、今日のことを説明する気力も無い。疲《つか》れた。文句も吐《は》き出したし、帰って寝る。

「相変わらず、ダウナーなヤツだなぁ……。序文は一体なんだったんだ」

「でもちょっと気持ち分かるわ。私も、有能な人間は苦手だもの。だから生徒会に在籍《ざいせき》しているのだしね」

「うん、今の発言は聞かなかったことにしておきます」

六月二十日　くもり　休みだった昨日は、一日中、『二重《ふたえ》○極《きわ》み』の練習に耽《ふけ》ってた。

「だからこいつなにしてんの⁉」

「某明治剣客浪漫譚《ぼうめいじけんきゃくろまんたん》にはまっていたのね。アニメ版のOA時期だったかしら」

七月一日　くもり　スーパー○イヤ人4は、個人的に、ありな方です。

「知らんがな！」

「だからキー君、これ、何度も言うけど個人の日記だから」

「いや絶対違いますよ！　こいつ、読者意識してやってますよ、これ！　絶対！」

七月十八日　晴れ　ぬ○べーがゆ○めと結ばれた件について、ぼくは高く評価したい。

「お前ジャン○大好きだな！」

「碧陽《へきよう》学園の生徒って、昔からジ○ンプ読者率高かったのね」

八月二十二日　雨　春秋に絡《から》まれた。帰りがけ、傘《かさ》を忘れたので、一緒《いっしょ》に入れてくれと言う。実はこんなこともあろうかと、対春秋用に携帯《けいたい》傘も持ってきていたぼくにぬかりはない。春秋に傘を一本押しつけて帰宅した。

「なんかもう、一周回って、気が利《き》くヤツになってないか？」

「その春秋って子が、彼を評価し親友呼ばわりする原因の一端《いったん》が見えるわね……」

八月二十九日　晴れ　久々に生徒会に出た。疲れた。帰って寝る。

「え？　こいつ、生徒会役員だったの？」

「どうやらそうらしいわね。このノートがここにあった理由もその辺なのかしら……」

九月十七日　晴れ　学園祭の準備で連日生徒会に行かなければいけない日々だ。正直いつものようにサボりたいのだけど、「学園祭の準備に関しては、副会長として出て貰《もら》わなければいけない」と顧問《こもん》に脅《おど》されたので、仕方なく通《かよ》っている。

少しでも早く作業を終わらすために、ぼくも全力を尽くしているし、その点について周囲の評価は大袈裟《おおげさ》なぐらいに高いが。

あまりに、虚《むな》しい。こんな生徒会活動は、早く、終わらせよう。帰って、寝たい。

「生徒会副会長か……。今副会長やっている俺が言うのもなんですが、こいつ、意外と凄《すご》いヤツなんですね」

「そうね。特にキー君と違って、やる気あるタイプでもないみたいだし……純粋《じゅんすい》に、才能のある人間なのかしら」

九月二十二日　くもり　今日と明日《あした》は会長と二人で作業。最悪だ。反吐《へど》が出る。

「なんか……関係悪いですね、この時代の生徒会」

「この子の方に原因があるのかしらね……。でも、春秋という子については、嫌《きら》いと言いながらも評価しているみたいだったし……本当に会長のことが嫌いなのかしら」

九月二十九日　雨　案の定《じょう》だ。こういうのがイヤだから、ぼくは、生徒会に出たくなかったんだ。正義感なんて微塵《みじん》も無い、見なくていい他人の不幸は見たくない、そういう、利己《りこ》的なぼくは。だからこそ、会長・雨宮令一《あまみやれいいち》の活動に付《つ》き添《そ》いたくはないんだ。

今日はとある学級が、クラス展示予算の上乗せを申請《しんせい》してきていた。普段《ふだん》なら通らない要望だけど、今回に限っては、事情が違う。物の大きさ故《ゆえ》に外で作成していた彼らの展示物が、先日、心ない誰《だれ》かの凶行《きょうこう》により、ズタズタに壊《こわ》されるという事件があったためだ。

全ての作業が無駄《むだ》になってしまった。だけど、彼らはそこから奮起《ふんき》し、短い作業日数でも、もう一度作り直すことを決意した。それが故の予算上乗せ申請。

だというのに。

雨宮令一は、今日、そこに直接出向いて、その願いを一蹴《いっしゅう》した。理由は沢山《たくさん》あった。

「管理が甘いのに問題があった」「他クラスとの兼《か》ね合いがある」「特別扱《あつか》いは出来ない」「自己責任」「どうせ間に合わぬものに無駄な出費は出来ない」「棄権《きけん》が認められている」等。

あまりに。あまりに、心ない却下《きゃっか》だった。そして、ある種の正論でもあった。だからこそ、彼の横暴《おうぼう》は、いつだってまかり通る。それがたとえ個人的な性格の悪さに由来《ゆらい》したものであっても、正論を振《ふ》りかざす者は、いつだって、勝者たりうる。

ぼくの目から客観的に見て。彼は、正義だった。

ぼくの目から主観的に見て。彼は、暴君《ぼうくん》だった。

ぼくは知っている。彼が委員長を務《つと》めるクラスの展示物は——三年連続クラス展示最優《さいゆう》秀《しゅう》賞のかかった展示物は、今回、壊された彼らのクラスの展示物に、企画《きかく》段階からして劣《おと》っていたことを。それに対して、彼が近頃《ちかごろ》苛立《いらだ》っていたことを。

流石《さすが》に自分で手を下すほど愚《おろ》かではないだろう。しかし追い風は最大限に利用する。だからこそ、彼は、強い。だからこそ、彼は、負けない。だからこそ、ぼくは……今日も奥歯を、噛《か》みしめる。

そして、自分の身の程を知るぼくは、小さな火種だけを心に灯《とも》して、それだけを守るために、彼に従属する。

「貴方達《あなた》のクラス展示義務は、今回、免除《めんじょ》します。お疲れ様《さま》でした」

そう、ぼくが冷たく言い放《はな》った時の、彼らの表情が、ずっと頭にちらついている。ぼくの言葉に満足し、機嫌《きげん》良さそうに笑う会長の顔がこびりついている。こうして日記にアウトプットすれば消えるかと思っていたけれど、どうやら、無理そうだ。

……疲れた。帰って、寝《ね》よう。

「…………」

「……キー君？」

「次、お願いします」

「……ええ」

九月三十日　晴れ　コ〇ン君の時計型麻酔銃《ますいじゅう》がホント欲しい。あれはいいものだ。

「この流れで急に⁉」

「あ、相変わらず摑《つか》み所《どころ》のない子ね……」

十月一日　晴れ　天気は晴れだけど、気分は晴れない。だからやめときゃ良かったんだ、生徒会なんて。失敗した。

そもそもこうなったのは、春秋のせいだ。前回の生徒会選挙の際、あの春秋が自分から立候補したのは言うまでもないが、その上、彼が「一緒に働きたい」とかいう理由でぼくを他薦《たせん》しやがったのだ。

春秋の言葉の影響《えいきょう》力は絶大で、ぼくはあれよあれよという間に担《かつ》ぎ上げられ、そして結果は……この通り。よく「友達に誘《さそ》われてオーディション受けたらぁ。私だけが受かっちやってぇ」的アイドルがいるが、まさに、アレだ。ぼくだけ受かった。

ただ、理由は当然、ぼくが彼より人気者だったからじゃない。

全ては……ここでも、雨宮だ。どうしても会長として学園に君臨《くんりん》したかった彼が……春秋のあまりの人気に危惧《きぐ》を抱《いだ》いた彼が、汚《きたな》い手を使った。具体例はありすぎて説明するのも億劫《おっくう》だが、ただ言えることは、金も権力も暴力も総動員したということだ。そして学園は、それに屈《くっ》した。

少なくとも、雨宮の本質に誰もが気付いていながらも、結果として彼が会長に就任《しゅうにん》し春秋がなんの役職にも就《つ》けないという結果に至るぐらいには、この学園は腐敗《ふはい》していた。

そして先述したが、雨宮はぼくのことを気に入っている。その上、春秋が親友と呼ぶ唯一《ゆいいつ》の人間だし、率直《そっちょく》に言ってぼくは有能だ。少なくとも、雨宮が配下にしたい理由は、腐《くさ》るほどある人材だった。だからぼくは当選した。春秋の言葉の力と、雨宮の汚い力のおこぼれの、二つが歪《いびつ》に合わさり、この腐った学園の生徒会に、当選したのだ。

最悪以外の何物でもない。

ただ一つ副会長という役職に感謝することがあるとすれば、ここからならば、何かを変えられるかもしれないことだろうか。

でも今日は疲《つか》れた。そしてまだまだその段階じゃない。帰って寝る。

「やる気があるんだか無いんだか、いいヤツなんだか違《ちが》うんだか……」

「実際に会ってもそんな感じの子だったんでしょうね。目に浮《う》かぶようだわ」

十月二日　くもり　水木○郎のアニキは、ぼくと違う種族なんじゃないかと時々思う。

「だろうねっ！　テンションが正反対すぎるもんねっ！」

「相変わらず話題の幅《はば》が広すぎる子ね……」

十月三日　晴れ　今や、高校生も携帯電話《けいたいでんわ》を持って当然の時代らしい。当然のことながら、ぼくは持っていない。そもそも家にもぼく宛《あ》ての電話がかかってこない現状、それをわざわざ携帯する理由が見当たらない。メールというのが使えるらしいのだけど、電子媒《ばい》体《たい》の手紙なんて、余計送る理由が無い。受け取る理由も無い。

そんなわけで、本日携帯電話を買いました。わーい。

「どういうこと!?　意外なオチどころか、ありえないオチの文章なんですけどっ！」

「も、もう、本格的に行動が謎《なぞ》すぎて、ついていけないわね……。天才と馬鹿《ばか》は紙一重《ひとえ》と言うけど、この子はホント……」

十月六日　晴れ　誰にもメールアドレス教えてないのに、「体が火照《ほて》って仕方ない人妻」さんから、メールが来た。いい機会なので、文通してみようかと思う。

「駄目《だめ》ぇ――――――――！」

「この当時、しかも携帯買ったばかりの子なら、失敗しても仕方ないわね……」

十月八日　雨　なんか人妻さんがとてもしつこい。面倒《めんどう》なので、この前訊《たず》ねたらほいほい教えてくれた春秋のアドレスを転送しておいた。これで今日からぐっすり眠《ねむ》れる。

「鬼《おに》かっ！」

「春秋君……パーフェクトな男子のはずなのに、なんて不憫《ふびん》な子」

十月九日　雨　正正正正正正正正正正正正正正正正正正正

「日記でなんか数えとるっ！」
「日記をなんだと思っているのかしら。発想が自由すぎるわ」

十月十一日　雹《ひょう》　雹が降った。ちょいと痛い。でも雹は好きだ。雨や雪ほど濡《ぬ》れないのが、とてもよろしい。折角《せっかく》なので、便乗《びんじょう》して、拾《ひろ》った雹を春秋に数発ぶつける。彼が振り返ると口笛を吹《ふ》く。また春秋にぶつける。振り返ると、口笛を吹く。……今日はとても充《じゅう》実《じつ》していた。

「お前ら実はめっちゃ仲良しだろう！」
「なんか真冬《まふゆ》ちゃんが喜びそうな関係性ね」

十月十三日　雨　今日は春秋に絡《から》まれた。……本気で、絡まれた。春秋は今までに無い表情で、感情で、ぼくにぶつかってきていた。
そうなることを、ぼくは、知っていた。予想していた。だから、特にショックでもない。準備は出来ていた。ぼくにぬかりはない。こうなるのは当然だ。

先日予算申請を却下したクラスは、春秋の在籍《ざいせき》するクラスだったのだから。

いくら会長が、苦手とする彼の不在を狙《ねら》ってあの宣告をしにいったとしても。彼に話がいかぬよう、いくつかの手回しをしたとしても。遅《おそ》かれ早かれ、こうして彼が生徒会に文句を言いに来るのは、分かっていた。

会長に命じられ、ぼくは、一人で春秋に応対した。

春秋は本当に怒《おこ》っていた。いつもはぼくを馴《な》れ馴《な》れしく親友と呼ぶ男なのに、今回ばかりは、ただただ怒気《どき》を孕《はら》ませた声で、悲しみを宿らせた瞳《ひとみ》で、ぼくを怒っていた。

とはいえ、ぼくは春秋の弱点を知っている。彼は……いいヤツなのだ。いいヤツすぎて、身内が傷ついた時に、冷静さを欠く。普段はパーフェクトな彼でも、こうなってしまえば、ぼくでも簡単にあしらえる。……会長は……雨宮はこの辺も考慮《こうりょ》していたのだろうということを察し、気分が悪くなるも、努《つと》めて冷静に、ぼくは春秋を攻撃《こうげき》した。

ルールの話をした。お金の話をした。他クラスの話をした。権力の話をした。正当性の話をした。アクシデントの話をした。管理能力の話をした。

つまり。

春秋を、完膚無《かんぷな》きまでに、叩《たた》きのめした。

小一時間もした頃《ころ》には、春秋は、完全に憔悴《しょうすい》しきっていた。当然だ。親友だと思っていたぼくから、無慈悲《むじひ》な言葉の雨あられを浴びせられているのだ。そして、それは、雨宮譲《ゆず》りの暴力的な正論なのだ。

どう見たって、彼の心は、もう、ボロボロだった。

「もういい」

最後にそう、怒るでもなく、悲しむでもなく、ただただ無気力にそう言って、彼は去っていった。

生徒会室に戻《もど》ると、会長が「ご苦労様」と機嫌良さそうに声をかけてくれた。彼もまた、よく働き、他人に冷たいぼくを高く評価しているのだ。役職こそ副会長だが、ぼくの生徒会での役割は、彼の秘書であり、参謀《さんぼう》のようなものだった。

生徒会長に気に入られ、完璧《かんぺき》人間をもあしらう能力を持ち、成績《せいせき》も優秀《ゆうしゅう》で大きな波風も立てない、順風満帆《じゅんぷうまんぱん》な学園ライフ。

反吐《へど》が出る。だからぼくは生徒会が……碧陽《へきよう》学園が、大キライなのだ。

今日は雨だ。だけど、心の中にひっそり灯《とも》していたはずの火種《ひだね》は、もう、抑《おさ》えきれぬほどに燃えさかっている。

……今日は疲れた。帰って、寝たい。帰って……寝たい。

「…………」

「…………」

十月十五日　くもり　あれから春秋が全然絡んでこなくなった。ぼくが望んでやまなかった、静かな学園生活を送る日々だ。大変よろしい。…………。……帰って寝る。

十月十六日　くもり　今日も春秋はぼくに話しかけてこなかった。うん、別にいいんだけどね。全然、いいんだけどね。帰って寝る。

十月十七日　くもり　ぼくは全然問題無いんだけど、そろそろ、春秋の方が寂《さび》しいかなーって思って、彼のクラスを覗《のぞ》きに行く。こっそり様子を窺《うかが》っていたら、目が合いそうになったので、くるりとターン。別にぼくは、春秋と喋《しゃべ》りたいわけじゃない。帰って寝る。

『ツンデレかっ！』

二人でハモりツッコミだった！

十月二十日　晴れ　ぼくの一番尊敬するヒーローは、せがた三〇郎です。

「それはヒーローなのか⁉」

「そしてなぜここでそれを暴露《ばくろ》する必要があるのかしらね……」


十月二十一日　くもり時々晴れ　学園祭の準備も大詰《おおづ》めを迎《むか》えた。結局、春秋のクラスに追加予算は降《お》りなかった。しかし、棄権《きけん》もなされなかった。春秋が、

「金銭面で生徒会は頼《たよ》らない。だったら、棄権しなきゃならない道理もない」

と、もっともな主張を生徒会に突《つ》きつけてきたのだ。

うちの会長、雨宮は下衆《げす》だが外道《げどう》ではない。汚《きたな》いことは出来ても、道を外《はず》れたことまでは出来ない、そういう男だ。正論の暴力を振《ふ》りかざすということは、相手が正論を持ち出した際、自分は武器を失うということだ。

かくして春秋のクラスは、再び学園祭に向けて活気づいているようである。

つまり結局のところ、春秋と会長の実力は拮抗《きっこう》しているのだ。生徒会選挙において春秋は確かに彼の力に負けたが、だからと言って、春秋の能力が会長に劣《おと》っていることの証明には、ならない。今回の件は、それを如実《にょじつ》に顕《あらわ》していたと言える。

おかげで、今日は会長の機嫌《きげん》が悪くて困る。果ては、ぼくに「お前が植野に入れ知恵《いれぢえ》したんじゃないか？」なんて言いがかりまでつけてくる始末だ。

やれやれ、全く、困った会長だ。

愚者《ぐしゃ》の癖《くせ》に、無駄《むだ》に鋭《するど》い。まあ、お金の出所は春秋のバイト代だから、関係無いけど。

「そのアイデアお前かよっ！　そして結局苦労してんのは春秋ってやつかっ！」

「薄々《うすうす》感じてはいたけれど……。なんだかんだ言って、この子が一番の策士なのではないかしら」

十一月十九日　晴れ　この日記を書くのも久しぶりだ。学園祭の最中は忙《いそが》しくてとても余裕《よゆう》が無かったし、学園祭以降は反動で生徒会活動を本格的にボイコットしていたから、生徒会関連の日記をつけるために買ったこのノートの存在さえ忘却《ぼうきやく》していた。

そんなわけで、もう冬だ。昨日雪虫《ユキムシ》を見かけた。少しだけ幻想《げんそう》的で、見ようによっては可愛らしいため、寒い時期の風物詩的に扱《あつか》われる雪虫だが。

実際問題、うじゃうじゃとまとまって飛んでいるので、かなり鬱陶《うっとう》しい。昨日も帰りがけに雪虫を見かけたので、一緒《いっしょ》に歩いていた春秋に「まるで春秋みたいだな」と呟《つぶや》いたら、なぜか春秋は喜んでいた。流石《さすが》ポジティブ男。どうも意味を勘違《かんちが》いされている気がするが、説明するのも面倒なので、放置した。

そうしたら、春秋はなぜか照れた様子で「キミこそ、雪虫のようだよ」とかほざいてきた。褒《ほ》めているのだとは思うが、イラッと来る。

とりあえず。一秒間に八発程殴《なぐ》っておいた。

「やめろよ！　なんでその程度のことで超人《ちようじん》的リンチを加えてんだよ！」

「ある意味、深夏《みなつ》以上に恐《おそ》ろしい子ね……」

十一月二十一日　雪　今日、遅めの初雪が降った。周囲の女子達はロマンチックだの綺《き》麗《れい》だのとはしゃいでいるが。ぼくにとって、軽く降る雪は、本当に鬱陶しい。下手《へた》すると霧雨《きりさめ》よりも嫌《きら》いかもしれない。軽く降り、軽く積《つ》もり、軽く溶《と》ける。そうしてシャーベット状になった雪の、なんとも厄介《やっかい》なこと。靴《くつ》は濡れるし冷たいし泥《どろ》を含《ふく》んで汚いし。

うぅ、寒い。帰って寝る。ストーブの前で寝る。


「こいつの辞書に、情緒《じょうちょ》という言葉は無いのだろうか」

「キー君に言われたくはないでしょうね」

十一月二十八日　雪　寒い。ぼくはもう駄目《だめ》だ。おやすみ、パ○ラッシュ。

「寝るなぁ――――――――――――――!」

「あら？　ここで日記が終わってるわ……」

「ええ!?　ちょ、こいつ、まさか――」

「あ、大丈夫《だいじょうぶ》、見開き一ページ開けて、続いてたわ」

「なにその無駄な演出！」

十二月一日　晴れ　おはよう、パトラッ○ュ。

「ねえキー君……私達って、実は、今まさにこの子の掌《てのひら》の上なんじゃないかしら」

「うぜぇ！」

十二月十一日　晴れ時々雪　雪の後に降る雨の最悪さについては、語り出したら京極○彦級の原稿量《げんこう》になるからやめるとして。

今日は来年の生徒会選挙に関して、話し合いが行われた。

雨宮が、投票のシステムを変えようと提案してきたのだ。

まず、一番の変更点《へんこう》は「教員・成績による査定の排除《はいじょ》」というものだ。

これまでの生徒会選挙は、立候補するに当たって、一定の条件があった。「停学経験者」や「赤点獲得者《かくとく》」、果ては「教員の目から見て相応《ふさわ》しくない容貌《ようぼう》・態度の生徒」なんていうものが、生徒会役員就任《しゅうにん》の権利を剝奪《はくだつ》されていた。

つまるところ、選挙以前に、ちょっとした「ふるい」があるのだ。中々に前時代的で不快な条件だが、まあ、これに当てはまるような人材がそもそも生徒会役員に立候補した例《ためし》が無いため、今まで特に問題になることもなく放置されていた。

それを、雨宮は撤廃《てっぱい》しようと言ってきた。正直、能力の低い人間を悉《ことごと》く見下す彼らしくもない意見だったが、まあ悪い提案でもない。生徒会としては全員賛成で可決したし、その場に居《い》た顧問《こもん》の許可もとれた。

問題は、その次だった。

雨宮は勢《いきお》いに乗って、「立候補制度の撤廃」を提案してきたのだ。これには流石のぼくも驚《おどろ》いた。顧問も顔をしかめたが、しかし、いつもの会長の「正論じみた暴論」によって、いつの間にか納得《なっとく》させられてしまっていた。

曰《いわ》く、自分からの立候補を無くすことによって、本人の意志などではなく、周囲の人間に本当に支持される優秀な人間だけが、生徒会に入ることが出来るようになるらしい。

その他にも会長はぺらぺらと、そのシステムの有用性を説《と》き、結果、気付けばぼく以外の生徒会役員（顧問までも）が、彼の意見に賛同してしまっていた。

彼に「残るキミはどうなんだい？」と訊《たず》ねられても、ぼくはまだ、迷《まよ》っていた。

とにかく、雨宮の意図《いと》が不明だった。正直、そのやり方自体がそう悪いとは思わない。

要は、純然たる人気投票になるということだ。それは、悪くない。

ただ。

だからこそ、気味が悪かった。どうして雨宮がそんな提案をしてくるのか、咄嗟《とっさ》には、理解出来なかった。彼の言うことだから、彼にメリットがあるのは絶対なのだけれど……それがどういったものかは、その場では判断が付きかねた。

「では、賛成多数ということで、この決議を通したいと思います」

そう、事を性急に進める雨宮に対し。焦《あせ》ったぼくは、咄嗟の判断で、システムに条件を付け加えさせて貰《もら》うことにした。あまり覚えてないが、ぼくの口走ったことは、確かこうだ。

「すいません。そのシステムの、あくまで安全弁としてですが……一つ、優良枠《ゆうりようわく》というものを、付け加えさせては貰えませんか？」

かなりテキトーだったけど、一応雨宮から学んだ「正論の力」を駆使《くし》しての提案だった。正直その場で考えながらだったので詳細《しょうさい》は曖昧《あいまい》だけど、前年度の成績が学年で一番良かった生徒は、本人が望めば、投票などを受けることなく生徒会入り出来る、というシステムだ。……自分で提案しておいてなんだけど、誰《だれ》が得するのか分からないな、これ。

でも、それでいい。雨宮の提案にイレギュラーを持ち込んだ。今はそれだけで、いいんだ。……今日も疲《つか》れた。帰って寝る。

「え……なんか俺達今、実は凄《すご》い場面の日記読んでます？」

「そうね……碧陽《へきよう》学園生徒会がこうなるキッカケの、まさに全貌《ぜんぼう》を見ているらしいわね。人気投票システムと、優良枠。これは……いよいよ、興味《きようみ》深くなってきたわね」

十二月二十四日　雪　今日はクリスマスイブ。親から何かふんだくってやろうと上機嫌《じようきげん》に帰ろうとしたら、春秋に声をかけられた。寒さのせいか頬《ほお》を紅《あか》くした彼に「一緒にどこか行かないか」とか、気持ち悪い誘《さそ》いを受ける。当然バッサリ断《ことわ》ったが、妙《みよう》にしつこいし、周囲の視線が痛いので、仕方なく軽く付き合うことに。

結局、街に出て軽く喫茶店《きつさてん》で喋《しやべ》ったぐらいで解散しただけなのに、春秋は、妙に楽しそうだった。ぼくと二人でクリスマスイブ……ホントこいつは何がしたいのだろう。自分を好いている女の子が沢山《たくさん》いるのにも気付かず、鈍感《どんかん》にも、ぼくなんかを誘ってしまう。春秋のそういうところは、いいヤツが故《ゆえ》の、悪いところだと思う。

でも、正直なところ。今年のクリスマスイブは、楽しかったと思う。

そうそう、春秋からプレゼントを貰った。シャープペンだった。……クリスマスの贈《おく》り物《もの》のセンスとしては最悪だと思うけど、貰っておいた。仕方ないので、それでこの日記を書いてやっている。

あ、当然、ぼくから春秋へのプレゼントはナシだ。イブに付き合ってやっただけでも、僥倖《ぎょうこう》と思って貰おう。

「こ、こいつは相変わらず何様なのだろう……」

「まあ、春秋っていう子も結構変わり者みたいだけどね。男二人クリスマス……」

十二月二十八日　晴れ　冬休みに入ったけど、ノートは持って帰ってきている。日記継《けい》続《ぞく》。ちなみに今日は家の庭で雪だるまとかまくらを一人で作った。一日が終わった。

「どんな高校生だよ！」

「冷《さ》めているのか、純粋《じゅんすい》なのか、なんなのかしらこの子は……」

十二月三十一日　晴れ　ぼくの煩悩《ぼんのう》は、余裕で百八以上ある。除夜《じょや》の鐘《かね》程度では、傷一つつけられぬわ！

「なにを偉《えら》そうに！　その通りだけども！」

「キー君が共感した！」

一月一日　くもり　あけましておめでとう、ぼく。今年の年賀状は、雨宮と春秋から来ていた。なんだこの微妙《びみよう》な二枚は。妙に腹立つので、重ねて保管しておくことにする。

「すげぇ微妙な組み合わせだな！」

「なんの嫌《いや》がらせなのかしら……」


二月三日　晴れ　学校生活が楽しいかと訊《き》かれたら、返答に困る。それは、ぼくだけじゃないだろう。楽しいことが全く無いとは言わない。けど、トータルで考えて楽しいかと言われたら、そうではない。

学校は、学ぶところだから、それでいいのかもしれない。それが、正しいのかもしれない。でも。どうしてだろう。

ぼくは、ここが、もっと楽しくて、いいと思う。

完全なワガママだ。甘えた考え方だ。分かっている。この腐《くさ》った碧陽学園なんかにそれを求めるのは、間違《まちが》いだ。大それた夢だ。筋違《すじちが》いの願いだ。

でも、ぼくがこんなに苛立《いらだ》つのは。こんなに、心が、燻《くすぶ》るのは。

まだどこかで、碧陽学園に、生徒会に、期待しているからなんじゃないのか。

……なぜだか分からないけど、春秋と過ごしていると、最近、特にそんなことを感じる。

まったく。ぼくも……ホント、どうしようもない。


「学校が、楽しくない……か。なんか……悔《くや》しいですね、この日記」

「キー君……そうね。彼がもう十年遅《おそ》く生まれていたらと、少し、思うわ」


二月十四日　小雨　なんか学校の空気に違和感《いわかん》あると思ったら、今日はバレンタインデーらしい。世界で最《もっと》も愚《おろ》かなイベント、バレンタインデー。女子から好きな男子にチョコレートを贈るという、お節介《せっかい》にも程があるイベントだ。誰が考えたんだ、このイベント。

特に義理チョコとかっていう慣習《かんしゅう》は、最悪だと思う。義理なんかでチョコは要《い》らないだろう。あれは誰が得するんだ。贈る側も、贈られる側も面倒《めんどう》じゃないか。百歩譲《ゆず》ってこの機会に本命告白するのはアリだが、義理チョコというのは、ホント不毛だ。

なんでいつにもましてこんなに文句だらけなのかというと、特に甘党でも人気者でもないぼくも、この下らない慣習のせいで、今年も大量にチョコを貰っているせいだ。いつも思うが、なんでぼくに？　これは新手《あらて》のいじめなのか？

まったく、どうしろというんだ。ホワイトデーのお返しが、今からだるくて仕方ない。はぁ、ホント、誰のための義理なんだ、これは。どういうわけか、律儀《りちぎ》にも、ぼくのところに来るチョコは毎回皆《みんな》義理のハズなのに、手作りだし。そのせいで、ホワイトデーはぼくもそれに応《こた》えるため、本気の菓子《かし》作りに取り組むハメになる。……はぁ、だるい。

ちなみに春秋がぼくの方をチラチラ窺《うかが》っていた。キモイ。


「……えーと、なにからツッコンでいいのやらだけど……。実はこいつ、凄いモテてるんじゃ……義理で手作りチョコは来ないんじゃ……」

「ここに来て、この子の人物像が余計分からなくなってきたわね。孤立《こりつ》しているというより、孤高《ここう》の存在……みたいに周囲からは思われているのかしら……って、次の日記はもうホワイトデーよ」

「テンポ早いな、こいつの学生生活！」

三月十四日　晴れ　ホワイトデーだ。眠《ねむ》い。昨日の夜から、慣《な》れない菓子作りをしていたせいだ。なんでぼくがこんな……。まあ、手作り貰っておいてこっちは市販物《しはんもの》というのも、気持ち悪い。仕方ない。今回は、ちょっとした焼《や》き菓子を作った。アーモンドとキャラメルを使った、甘すぎず苦《にが》すぎずの、癖《くせ》のない菓子だ。悪いチョイスじゃないだろう。

とりあえず、ぼくにチョコをくれた奇特《きとく》な女子達に配って回った。この腐った碧陽学園の女子達は、流石《さすが》、皆お世辞が上手《じょうず》らしく、時には涙《なみだ》を浮《う》かべて喜ぶ子までいた。演技と言えど、そこそこ嬉《うれ》しい。うん、良かった。

多目に作って少し余《あま》ったため、なぜかすんごい物欲しそうに見ていた春秋にもあげた。こいつはこいつで泣いて喜んでいた。気持ち悪い。お前はホントなんなんだ。

まだ余ったので、仕方なく、生徒会にも顔を出して、配ってきた。全員が美味《うま》いと言って食べてくれた。あの雨宮さえ、「ふん」と鼻を鳴らしながらも、全部食べていた。

なんにせよ、ホント疲れた。眠い。帰って寝《ね》る。

「お前、ホントは凄ぇ勝ち組だろう！」

「自己評価だけが妙に低いタイプの子だったのかしら……。でも、能力面での自信はあるみたいだし……ホント、わけ分からないわ」

四月二十四日　晴れ　来週頭に生徒会選挙が行われる。この学園の生徒会任期は、他校と違《ちが》って五月から翌年三月までだ。三年は卒業までガッツリ働かされることになるが、「一年に責任を持つ」という精神を促《うなが》すために、こういうことになっているらしい。

そのため、四月は生徒会不在の期間になり、四月後半に、選挙が行われる。

今年は、去年の雨宮の提案通り、純粋な人気投票になるらしい。選挙活動も何も、一切《いっさい》無い。

ここに来て、ようやく、雨宮の意図に気がついた。手遅《ておく》れにも……愚かにも、程がある。

純然たる人気投票？　そんなもの、前年度に目立った人間にしかチャンスが無い、不公平だらけのシステムじゃないか。

なんてぼくは馬鹿《ばか》だったのだろう。どうして気付かなかったのだろう。この碧陽学園の腐敗《ふはい》に気付いていながら、どうして、そこに頭がいかなかったのだろう。

この、腐った学園なら。

この、自主性なんかカケラも持たない生徒達なら。

選択肢《せんたくし》の提示されない人気投票において、誰《だれ》に投票するかなんて、そんなの「無難《ぶなん》」を選ぶに決まっている。

つまり。

卒業した三年以外、前年度と同じメンバーが、当確。

雨宮の狙《ねら》いがようやく分かった。なんて最善の一手。彼は、労せず、黒い根回しも用《もち》いず、安定して、次の生徒会長の座を手に入れたのだ。

正しい力による、正しいやり方の、正しすぎる戦法。

……結局、ぼくのなかにあった、碧陽学園を変えるための火種は……何に燃え移ることもなく、鎮火《ちんか》したのだ。情けない。本当に……情けない。帰って、寝る。寝るしか、ない。

「人気投票の、暗部……か」

「今のこの学園にとってはいいシステムだけど……状況《じょうきょう》が変われば、最悪のやり方、なのかもしれないわね」

「こいつ……悔しかっただろうな」

「…………」

四月二十七日　晴れ　そんなわけで、今日からぼくが生徒会長です。

『なんでだよっ！（なんでよっ！）』

衝撃《しょうげき》の展開だった！　知弦さんが読み上げるのも待てず、二人、慌《あわ》ててページを捲《めく》る！

五月一日　晴れ　ようやく一段落したため、今年の生徒会役員構成をここに記《しる》す。簡単に言えば、会長はぼくで、副会長が春秋。そして、残り三人は今年入ってきた美しい少女三人という、なんかもの凄《すご》い結果となった。雨宮は、当然いない。

なんでこんなことになったかというと……正直、ぼくにもよく分からない。

とりあえず、人気投票の結果、ぼくに生徒総数の九割の票が集まってしまったことが、そもそものイレギュラーの原因だったのだけど……眠い。帰って寝る。

『なんでだよっ！（なんでよっ！）』

俺と知弦さん、ツッコミの嵐《あらし》だった。次へ次へと読み進める。

五月三日　晴れ　さ〇らより小狼《シャオラン》に萌《も》える今日この頃《ごろ》。

『なんでだよっ！（なんでよっ！）』

ツッコミがワンパターンなことも、気にしている余裕《よゆう》が無かった！

五月六日　雨　なんか怒《おこ》ってる？

『読まれてる⁉』

五月七日　晴れ時々くもり　ようやく暇《ひま》になったので、説明続き。結局なんだかんだで、ぼくに九割の票が集まったわけだけど。この理由はよく分からない。生徒会やってて、多少なりとも目立ったからかな？　春秋なんかは「当然の結果だな」とかワケのわからないことを言っているけど。

とにかく、そうなった結果、人気投票が荒《あ》れに荒れた。二位以下の票数がホント少なくなってしまい、僅差《きんさ》も僅差。大きく見ればホント少ない票しか入ってない生徒が、生徒会入りしてしまうことになった。

しかも九割がぼくに入れた中、ぼくに入れなかった一割というのは、どうも変わり者の部類だったらしい。ヤッら、真面目《まじめ》に投票なんかせずに、今年入ってきた可愛い女子に投票してしまったのだ。彼らもジョークのつもりだったのだろう。まさか、ホントに彼女らが生徒会入りしてしまうとは、夢にも思ってなかったはずだ。
あ、そうそう、それで、雨宮が生徒会に入らず春秋が副会長の件だけど……なんかもう説明疲《つか》れた。帰って寝る。

『寝るなっ！』

五月八日　くもり　そんなに続き読みたいの？

『こっちの反応窺うなっ！』

五月九日　晴れ　結論から言えば、雨宮は生徒会入りしそうになった。なんと、六票しか入らなかったのに、ランキングは五位だったのだ。たとえ会長職ではなくても、彼が生徒会入りしてしまったら、この学園は変わらない。ぼくは肝《きも》を冷やした。

けど、そこで出て来たのが、優良枠《わく》であり、春秋だった。

優良枠の生徒は、生徒会入りすることが出来る。しかし、生徒会の定員は五人。だから、ここでぶつかることになる。ぶつかった場合の優先順位は……実はどちらにもない。

人気投票で一番が会長になるのはまず決定。その後、基本的には順位通りに順当な役職を振《ふ》られたり、本人の希望を聞くものの、最終的には、会長に役員の役職を決める権利が与《あた》えられる。

ぼくが提案した優良枠っていうのは、その際に、「優良枠で志願した生徒も、会長の選択肢に入れる」ということだ。

トップの会長を除《のぞ》く、人気投票上位四人。そして、優良枠の志願生徒。その中から、会長は自分の生徒会メンバーを選ぶことが出来る。ただ、普通《ふつう》に考えれば、人気投票で上位になっても、そもそも本人が望んだわけじゃないんだから辞退する生徒も多いだろうし、優良枠自体もまともに機能しそうにない（成績優秀《ゆうしゅう》者は好きこのんで生徒会に入らない）ため、このシステムが適応されるアテはなかった。

でも、今回、それが、機能した。

もう説明しなくても分かると思うが、ぼくは、会長として、雨宮の代わりに春秋を採用したのだ。

まあ春秋がテンション高くまとわりついてきたから、二秒で後悔《こうかい》したけど。

「な、なるほど……優良枠に、そんな使い方が……知らなかった……」

「今の優良枠は、この時と違って円満に使用されるものね。年によっては生徒会が六人や七人にもなるし。今年は五位の子が引っ込み思案《じあん》で、生徒会は辞退したいと熱望していたしね」

「でも……結局、そもそも、なんでこいつに生徒総数の九割も票が入ったんですか。それが、全然納得《なっとく》いかないんですけどっ！」

「そうね……それに、次で最後の日記よ」

「うぅ……モヤモヤしたまま、全てが時の彼方《かなた》に……」

＊

六月三日　雨　なんか春秋に告白された。ぼくのことが好きらしい。普通に断《ことわ》った。でも諦《あきら》めないと言われた。ホント勘弁《かんべん》してほしい。生徒会日記書く気力も失《う》せる。

『……………な、なにぃいいいいいいいいいいいいいいいいい!?』

俺と知弦さんにかつてない衝撃が走る！

ノートを閉じ、俺達は、お互《たが》い興奮《こうふん》して口早にやりとりを交《か》わした！

「なにこれ！　リアル真冬ちゃん大好物ネタじゃん！　春秋、本気でそっちだったの!?」

「そ、そうは思えないけど……行動とか爽《さわ》やかだったし……。いや、でも、実際のＢＬって、こういう感じなのかしら……」

「くぅ！　なんなんだよ、ホント、この日記！　納得いかないにも程がある！　っていうか、そもそも、こいつは誰だったんだ！　自分の名前ぐらい、書いておけよ！」

「でも、確かに、自分の日記で自分の名前を登場させる機会は無いわよね……。あ、ちょっと待って。確か代々の生徒会が載《の》っているアルバムがあったような……。それで十年前の生徒会長を見れば……」

「あ！　成程《なるほど》！　うわ、なんかテンション上がってきた！　こいつや春秋の顔見られるって……わ、なんか、芸能人に会うみたいなテンションになってきた！　俺も探《さが》します！」

そんなわけで、知弦さんと生徒会室を漁《あさ》ること数十分。その間、会長や椎名《しいな》姉妹が来てしまったが、今の俺と知弦さんに、そんなものを気にしている余裕はなかった。会長が「二人とも、なにしているのよ」と訊《たず》ねてくるのも無視して、二人、猛然《もうぜん》とアルバムを探す。

　そして、俺はようやく……戸棚《とだな》の奥から、一冊のアルバムを見つけ出した。十年前の碧《へき》陽《よう》学園生徒達の写真、及《およ》び、生徒会役員が載っているものだ。

　知弦さんと二人、はぁはぁ息をしながら、アルバムを捲る。俺達のただならぬ様子に、会長と姉妹は「な、なんなの……」と怯《おび》えた様子でこちらを窺《うかが》っているが、気にしない。

　二人、ゆっくりとページを捲っていく。そうすると、生徒会メンバーの名簿《めいぼ》らしきものを発見した。まずそれを確認。

「副会長、植野春秋。わ、確かに凄いイケメンね。爽やかすぎて引くレベルだわ」

「おおう、確かに！　なんだコイツ！　基本イケメンを敵視する俺でも、コイツはいいヤツだと確信できる！」

「さて、そして、会長は……。えーと……希《き》咲《さき》雪《ゆき》海《み》」

「…………ゆきみ？」

「ええ、雪海」

「…………」

「…………」

　二人、無言で、次のページを捲る。そこには、生徒会メンバーそれぞれの、証明写真じみたバストアップの写真。並んでいる面子《メンツ》はまるで俺達のような、一人の男子と、四人の美少女という構成。植野春秋と、四人の美少女。

うん……四人。美少女は、三人じゃなく、四人。

しかも一人が、異様なほど、美少女。

拘《こだわ》りというより「面倒《めんどう》だから切らなかったら伸《の》びてた」みたいな黒髪《くろかみ》も、人を睨《にら》み付けるような、それでいてやる気が無いような、死んでいるような、活力の無いダウナーな瞳《ひとみ》も、ムスッとした表情も、何もかもが全然駄目《だめ》なのに、それでも、思わず見とれてしまうレベルの、生粋《きっすい》の、美少女。

なんだろう、美少女の天才とでも言うのか。その才能以外が全部駄目なのに、それだけで、全《すべ》てを凌駕《りょうが》しているような、ちょっと近寄りがたいレベルの、存在。

しかしそのダウナーな表情が日記のテンションとピタリと一致《いっち》する、存在。

会長　希咲雪海
「…………」

「…………」

知弦さんと二人、言葉を失う。会長と椎名姉妹がなんだなんだとアルバムを覗《のぞ》き込みに

希咲雪海

来て、「へぇー、綺麗《きれい》なひとだね」やら「鍵《けん》は実はこういうのが好みなのか？」やら「真冬みたいに腐《くさ》った魚のような目をしています！　仲良くなれそうです！」やら騒《さわ》いでいる中、俺と知弦さんはただただ息を呑《の》み……そして……唐突《とうとつ》に、二人で、叫《さけ》ぶ！

『女かぁあああああああああああああああああああああああああああああ！』

「ひゃぁ!?　な、なによ、二人とも！　急に大声出して！　びっくりするじゃ――」

「くそ！　完全に騙《だま》されましたね、知弦さん！　やってくれた……やってくれたよ、この女！　希咲雪海！」

「この私とあろうものが……こんな初歩的な叙述《じょじゅつ》トリックにひっかかるなんて！　でもこれで全てに納得がいったわね、キー君！」

「ええ、知弦さん！　全ての謎《なぞ》が解《と》けました！　そりゃ人気投票で九割取るわ！　バレンタインで逆にモテモテだわ！　植野春秋もちょっかいかけるわ！」

「それに孤立《こりつ》もするはずだわ。このレベルで、ずっとこんな『世の中全部恨《うら》んでます』みたいな目してたら、よっぽどハートの強い子以外、声かけられないわよ！」

「だから一年の時は孤立していて、春秋と絡《から》みまくるようになって更《さら》に生徒会活動もこなすことで態度が緩和《かんわ》した二年の時に、隠《かく》れていた人気が爆発《ばくはつ》したわけか！」

「直前の、ホワイトデーにお菓子《かし》配ったのがトドメね！　この人が手作りのお菓子を、ビジネススマイルとはいえニコニコ配ったら、そりゃ、人気出ないわけがないわ！」

「あ、あのぉ、お二人とも、なんの話を……」

「ああ！　しかしそれにしても、惜《お》しい！　最初から女と分かっていたら、もっと色々思うところはあったのに！」

「確かにそうね！　植野春秋の行動は完全にノーマルで、更に鈍感《どんかん》女に全く好意を悟《さと》って貰《もら》えない可哀想《かわいそう》な純朴《じゅんぼく》青年だということが分かるし！　彼女の行動も、一人で雪だるまやかまくら作っているところなんか、ある意味最高の萌《も》えポイントよ！」

「ああっ！　全ての行動が、この顔でやってたと思うと可愛く思えてくる不思議！　美少女強し！　美少女はホント、なにやっても許されますね！」

「な、なぁ鍵、知弦さん、そろそろあたし達にも説明を──」

『今から俺（私）達は日記を再読するから、ちょっと黙《だま》ってて！』

『逆ギレ!?』

俺達が日記を再読しようとしていると、今度は皆《みんな》まで覗《のぞ》き込んできてしまった。そうして、なんだかんだと全員で揉《も》めながら、騒々《そうぞう》しく彼女の……今の生徒会の流れを作った、偉大《いだい》な女性の日記を、読む。

……なぁ、希咲さん。

あんたは結局、残りの高校生活、楽しかったのかい？

……いや、そんなの、訊《き》くまでもないか。

きっと、ここから先は……日記なんて書いている場合じゃないぐらい、毎日、楽しかったんだろうな。

だって……。

「ちょっと杉崎《すぎさき》！　さっさと先読んでよ！　気になるでしょ！」

「そうだぜ、鍵！　十年前の生徒会の話は、皆で鑑賞《かんしょう》するべきだろ！」

「真冬達をのけ者にしちゃ駄目です！　楽しいことは、皆で分かち合ってこそ、碧陽学園じゃないですかっ！」

「キー君、仕方ないから、説明してあげましょうか。確かにこれ、面白《おもしろ》かったものね。私ももう一度、皆で読みたいわ」

「はいはい、分かりましたよ。ええと、それでですね――」

未《いま》だに碧陽学園では、あんたの灯《とも》してくれた火種《ひだね》が、こんなにも煌々《こうこう》と、燃え盛《さか》り続けているのだから。

「ゲームと現実を混同する
若者の実態をとくと見よ！」
by 杉崎

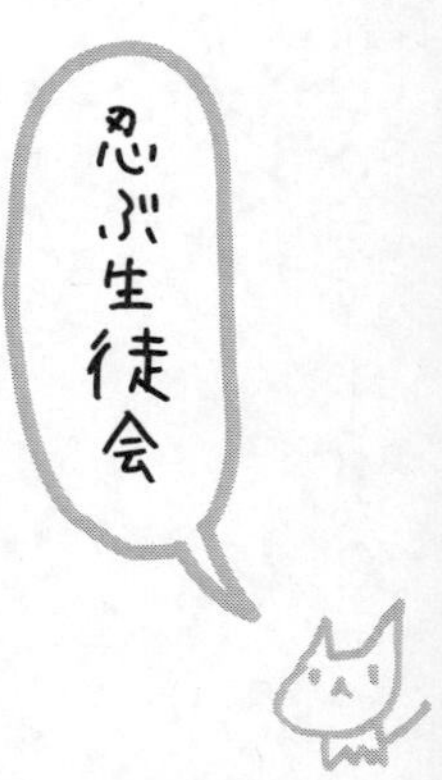

【忍《しの》ぶ生徒会】

『先輩《せんぱい》！　お願いします！　今すぐプールの裏に来て下さい！』

「は？」

『ですから、プールの裏に来て下さいなのです！　今すぐ！』

「えと……真冬《まふゆ》ちゃん？　急にどうしたの？　学校で電話なんて……もうすぐ生徒会始まるよ？」

　ある夏の日の放課後。授業が終わり、今日は俺《おれ》の掃除《そうじ》当番も無いため早めに生徒会室に向かおうと廊下《ろうか》を歩きながらケータイの電源を入れたら、途端《とたん》、真冬ちゃんから電話がかかってきた。

『だからこそなのです！　待ってます……真冬、ずっと待ってますから！』

「え!?　なに!?　告白!?」

『ある意味、そうですね……』

「ま、マジで!?　分かった、今すぐ行くよ！」

　というわけで、ケータイを切り即座《そくざ》にダッシュ！　体育館裏ではなくてプール裏なのが気になるが、とにかく、あんなに悩《なや》ましげな声を出されては駆《か》けつけないわけにはいかない！

靴《くつ》を履《は》き替《か》え、校舎を出て、グラウンドを横切り、俺は猛然《もうぜん》とプール裏まで向かう。

そうして——

「あ、先輩！」

「おう、待たせたな真冬ちゃ——」

硬直《こうちょく》。

「せ、先輩！　助けて下さいなのです！」

「——」

読者の皆様《みなさま》、大変申し訳ありませんが、俺の脳が目の前の画像をダウンロード、処理、解析《かいせき》、言語化するまでしばしお待ち下さい。

ダウンロード進行率、0パーセント。予測終了《しゅうりょう》時間、三年と八分。

「先輩？　先輩！　しっかりして下さいです！　真冬には、先輩しか頼《たよ》れる人がいないのです！」

「ハッ！」

真冬ちゃんにぐらぐら揺《ゆ》らされ、杉崎鍵《すぎさきけん》、強制再起動。

不完全なプログラムを実行します。

状況《じょうきょう》解析中……言語化中……音声化中……再生します。


「杉崎鍵が〜プールの裏の秘境《ひきょう》で〜半裸《はんら》の後輩《こうはい》美少女に〜出会った〜」

「そんな部族的な括《くく》りで説明しないで下さいです！」

ぷんぷん怒《おこ》る真冬ちゃん。

そんなわけで。

俺の物語に、スクール水着の女性が、遂《つい》に登場しなすった。

＊

「そんなわけで、かくかく、しかじかなのです。状況は分かりましたか？」

「いや、分からないよ！　なんか章区切って説明後みたいなノリで言っているけど、真冬ちゃん『かくかくしかじか』しか言ってないからね⁉」

「ですから、かくかく、しかじか」

「だから、全然伝わらないから、それ！」

「ええ!? そうなのですか!? 漫画《まんが》やアニメ、小説世界ではそれで伝わるのに！」

「どんだけ創作に侵《おか》されているんだよ！」

「うぅ、ここまでのあらすじを説明するとか、真冬、だるいです」

「そこを面倒《めんどう》に感じ出したら、もう真冬ちゃんには創作も無理だよ！」

「仕方ない……分かりました。真冬、語ります。前回までのあらすじ」

「真冬ちゃんの人生って、ドラマ仕立てなの？」

「今とは違《ちが》うどこか、しかし我々の地球に良く似《に》た文明を持つ世界――」

「世界観からじゃなくていいよ！　っていうかそれ誰《だれ》視点!?　俺らの世界って、現実とは別世界なの!?」

「その辺は物語後半で明かされるので、今は黙《だま》って聞いておいて下さい。ええと、それでですね。この世界では、現実と違って五百年前に宇宙から飛来《ひらい》した謎《なぞ》の鉱物《こうぶつ》資源によって科学革命が――」

「だからいいよ、その段階からの説明！　っていうか飛来してないし、謎の鉱物資源！」

「まあ、一般人《いっぱんじん》にはそう説明されてますけどね」

「真冬ちゃんは何者なんだよ！」

「それで、なんだかんだあって、真冬は今スクール水着でプール裏にいるのです」

「そこを説明しろぉ――――――――――！　端折《はしょ》るところおかしいから！」

「うーんと……じゃあ、ちょっと喫茶店《きっさてん》行きますか」

「そんなに時間かかる話なの!?　あとその格好で行くつもり!?」

「あ、そうでした！　そうです！　真冬、スクール水着で恥《は》ずかしくて人前出られないから、ここに、先輩を呼んだのでした！」

「うん、全然話が見えなくなってきたけど！」

ああ、話せば話すほどワケが分からない！　読者の皆《みな》さんには伝わってないかもだけど、こうしている間も、目の前の少女はずっとスク水だからね!?　俺の混乱度合い、伝わります!?

真冬ちゃんはやれやれと肩《かた》を竦《すく》める。

「ふぅ……一巻を読まずに、シリーズ最高傑作《けっさく》と褒《ほ》められる途中《とちゅう》巻から読むような愚行《ぐこう》は、真冬、嫌《きら》いなのですが……。それまでの積み重ねがあるからこその、物語じゃないですか」

「いや、今はそういうこと言っている状況ではなくてね……」

「仕方ありません。では……シーズン４の第七話あたりから説明します」

「真冬ちゃんのドラマ、アメリカで大ヒットでもしたの!?」

「まず、シーズン3で核戦争《かくせんそう》の危機を回避《かいひ》した真冬達《メシアグライダーズ》の一行《いっこう》でしたが——」

「うん、真冬ちゃん、『生徒会の一存』のヒロインじゃなくて、他の物語の主役やった方がいいんじゃないかな……」

「いわば今日は、シーズン4の第七話、『真冬、五時間目に水泳の授業を受けるの巻《まき》』だったのです」

「あー、なんかアメリカの大ヒットシリーズらしく、ぐだぐだな引き延《の》ばしにあっている感満載《まんさい》の内容だね！　シーズン3までの熱い展開は何処《どこ》に！」

「で、簡単に説明しますと、五時間目の授業が終わってもプールでウダウダしてましたら、皆《みんな》が帰ってしまい、真冬の着替《きが》えも回収されてしまった……というわけなのです。おしまい」

「なんかめっちゃ簡単に説明出来たよねぇ!?　世界観の説明とか、シーズン3までの内容とか、一切《いっさい》要らなかったよねぇ!?」

相変わらず喋《しゃべ》っていて疲《つか》れる子だった。

俺がガックリと肩を落としていると、真冬ちゃんは「うぅ」と恥ずかしそうに身をよじらせる。

「す、すいません。真冬、これでも実は結構恥ずかしいのです。だからつい話の脱線《だっせん》を……」

「……まあ、いいけど。俺も、いいもの見られたし。はぁ……幸せだなぁ」

「つ、通報しますですよ！　ケータイはあるのです！」

「ごめんなさい！　って、あれ？　そういえば、着替えが無いのに、なんでケータイだけあるの？　というか、そもそもどうして着替えが無いの？　それに、俺が自分で言うのも、なんだけど、この状況で電話するなら、俺という選択肢《せんたくし》は無いんじゃ……」

ホント自分で言うことじゃなかった。真冬ちゃんは「ですから……」と面倒そうに説明する。

「そこら辺が、世界観とかシーズン3までの展開とかに関連しているのです」

「そ、そうなんだ……面倒そうだね」

「はい。まあ、簡単に言っちゃうと、体育の後はいつもへとへとになる真冬を気遣《きづか》って、真冬の荷物を持ってくれるクラスメイトがいるのですけど、彼女が、今日もいつも通り着替えの入ったカバンを持っていってしまったみたいでして。ケータイはカバンに入れてなかったので、置いてあったのですが。あ、あと、先輩を呼んだのは、変態《へんたい》の先輩なら、こういう状況に慣《な》れているかなーと思ったからです」

「簡単に説明出来た！　そしてやっぱり背景関係無《はいけい》い！　更《さら》に俺を選んだ理由が悲しい！」

ツッコミ大忙《おおいそが》し！　でも事情は把握《はあく》出来た。まあ、そういうわけなら、流石《さすが》に俺もいつまでもツッコンだり鼻の下を伸《の》ばしている場合ではない。

こほんと咳払《せきばら》いして、無理矢理意識を切り替える。

「でも、真冬ちゃんは服装とか気にしない人だと思ってたけど」

「し、失礼なっ！　真冬はせいぜい、パジャマで髪《かみ》ぼさぼさで顔も洗わずに眠《ねむ》い目でう○い棒を買いにいけるぐらいのレベルです！」

「それは結構末期だと思うけど！」

「……薄着《うすぎ》の恥ずかしさは、そういうのとは全く別なのです」

「まあ、分かるけど。でも……だったら、俺は、真冬ちゃんの着替えを持ってくればいいのかい？」

「そ、それは恥ずかしいからイヤです！」

「だよね。それに、俺が真冬ちゃんのクラスから着替えを持ち出したら、いよいよ捕《つか》まるもんなぁ……」

普段《ふだん》態度が真面目《まじめ》な生徒ならきちんと説明すればいけるだろうが……俺だもんなぁ。自分で言ってて悲しくなるが。

「でも、だったら、そのクラスメイトに電話するのが一番じゃない？　元はといえば、彼女の責任なんだし」

「そ、そうなんですけど、それは……いやです」

「なんで？」

「だ、だって……真冬のために善意で色々やってくれている子なのに、余計な恥《はじ》はかかせたくないのです……。幸《さいわ》いまだあちらから連絡《れんらく》がないので、気付いてないみたいですし。だったら真冬、この件は自分で処理したいのです」

「……そっか」

……まったく。ホント……ダメなくせに、変なとこで優《やさ》しい、困った子なんだから……。

でも、力になってやりたい。心から。

僅《わず》かに残っていた下心を、完全に消し去る！

「まあ、大体事情は把握出来たよ。つまり……」

「はい。真冬、どうにかして、校舎に潜入《せんにゅう》、ゲーム部の部室まで行きたいのです」

「ゲーム部の部室？　教室じゃなくて？」

「はい、部室です。そこの真冬のロッカーに、いざという時のためのジャージが置いてありますから。幸い今日はゲーム部の活動がありませんので、誰もいないはずですし。そこでジャージを着て、教室に制服回収に行くのです」

「なるほど。だったら、俺がそのジャージを持ってくれば……」

「ゲーム部は、部員以外入れないのです！　指紋《しもん》認証があるので」

「なにその無駄《むだ》なセキュリティ！　生徒会に断《ことわ》りもなく、なに設置してんの⁉」

「そ、そんなの当然じゃないですか！　あそこにあるゲーム並びにメモリーカードや本体に記録されたゲームデータは、お金に換《か》えられない貴重品《きちょうひん》です！　厳重《げんじゅう》に管理しなければなりません！　時折いるんですよ、暇潰《ひまつぶ》しでゲーム部でゲームしようとする不届きな輩《やから》が！」

「うん、俺からしてみれば、学校でガッツリデータ残してゲーム進めているゲーム部自体が既《すで》に不届きな輩だけどね」

「と、とにかくです！　先輩《せんぱい》をここに呼んだのは、他でもありません！　うまいこと真冬を誘導《ゆうどう》して、真冬が人目に晒《さら》されないよう、真冬をゲーム部まで送り届けるミッションを先輩に与《あた》えます！　これは最優先事項《じこう》です！」

「なぜ上から目線！」

　そこで真冬ちゃん、何かに火がついたのか、こほんと咳払いして、声高に告げる！

「題して、『マフユギア・ソリッド』、スタートです！　コントローラー（ケータイ電話握《にぎ》り、マフユを操《あやつ》り、兵士（生徒）に見つからないよう目指《めざ》せゴール！」

「勝手に変なゲームのプレイヤーにされた！」

「超《ちょう》リアルなグラフィックを楽しんでくれたら幸いです」

「主人公スク水だけどね！　変態が校内うろついている絵面《えづら》でしかないけどね！」

というわけで、生徒会に行く前に、なぜか凄《すご》く難易度《なんいど》の高いゲームを一個クリアしなくてはいけなくなってしまった。

……ハーレム王って、大変だなぁ。

＊

ゲームスタート。

《トゥルルルルルル！　トゥルルルルルル！》

「もしもし、杉崎ですけど」

『こちらス○ーク！　駄目《だめ》じゃないですか、大佐《たいさ》！　そこは、「どうした、スネ○ク！」

って応《こた》えないと！』

「いや勘弁《かんべん》して貰《もら》えますかねぇ！　このノリも、あと、勝手に俺のケータイの着信音変えるのも！」

『いいのです！　こういうのは、役に入りきった方が、真冬のポテンシャルは上がるのです！　もう一回行きますよ？　こちらスネー○！』

「ど、どうした○ネーク」

『現在プールの裏だ。そちらからは何が見える。指示してくれ、です』

「と言っても、あの、ゲームオタクのスク水少女が見えるだけなんだが……」

『いつまでス○ークの前にいるつもりですかっ！　先の様子を見てきてください！　これはそういうゲームです！』

「ゲームじゃねえよ。……うぅ、仕方ないなぁ。よいしょと」

そんなわけで、俺、移動開始。なんか勝手に俺まで見つかったらまずい気になってたが、別に俺はいいんだもんな。そんなわけで、プール裏から出て、正面の方まで歩き偵察《ていさつ》。

そうして、未《いま》だプール裏の真冬ちゃんに電話。

『こちらスネ○ク！』

「いや、真冬ちゃんでしょう」

『だから、気分の問題なのです！』

「でも、スネー○はさぁ……。なんかせめて一ひねりしようよ」

『そうですか？　なら……うーん。……じゃあ、《スネカジリ》で！」

「それでキミがいいならいいけどっ！」

『こちらスネカジリ！　どうしました、大佐！』

「スネかじっている自覚はあるんだね……。まあいいや。スネカジリ！　見たところ、この辺には全然人がいないぞ！　大丈夫《だいじょうぶ》だ！　正面まで来ていい！」

『了解《りょうかい》です！　移動を開始します！』

そんなわけで、真冬ちゃんのターン開始。スク水が中腰《ちゅうごし》でそそくさとこちらに歩いてくる光景はかなりシュールだったが、とにかく、俺と合流。ターンエンド。

「む。これは、メタ○ギアというより、戦場のヴァ○キュリア的なゲームかもです！」

「うん、ごめん、現実をゲームに置《お》き換える思想は、危険だからやめてくれるかな」

「き、危険とはなんですかっ！　スネカジリ、そういう考え方は嫌《きら》いです！　現実をぷよ○よと混同して、何がいけないのですかっ！」

「スネカジリの頭の中はどんなことになってんの!?　俺達ぷよ扱《あつか》いなの!?」

「いえ、先輩はお○ゃまぷよです」

「聞かなきゃ良かった——っと、そんなこと言っている場合じゃないや」

真冬ちゃんが若干《じゃっかん》寒そうにしているのを見て、ふざけるのをやめる。夏とはいえ、プール上がりで、外だもんなぁ……。とりあえず、俺のブレザーを肩《かた》にかけてあげよう——として、拒否《きょひ》られた。

「せ、先輩の服を着るなんて、なんか、色んな意味で無理です！」

「ショック！」

「あ、大丈夫です。悪い意味九十パーセントなので、気にしないで下さい」

「気にするわ！」

「へくちっ」

「ほら、寒いんでしょう？」

「ち、違《ちが》います。これは……先輩の発言が悉《ことごと》く寒いだけなのです」

「キミはいちいち俺を傷つけないと気が済《す》まないのかっ！」

「うぅ、とにかく、スネカジリの体を心配するなら、早くゲームを進めて下さいということなのです。ゲーム部についてしまえば、全《すべ》ての問題は一発解決です！　それまで、情けは受けません！」

スク水のまま、名前の書かれた胸を張るスネカジリこと真冬ちゃん。

「まあ、現時点で俺からめっちゃ情けを受けているわけだけどね……」

「さあ、行きましょう、先輩！　チュートリアルは終わりですよ！」

「ここまでチュートリアルだったんだ……。まあ、確かに、ここから先は本編だわな」

そう言いつつ、校舎の方を見る。流石《さすが》の真冬ちゃんも、表情をひきしめた。

「そうなのです。プールの方は部活までそんなに人が来ませんが、校舎に向かおうと思ったら、どうしたって人とすれ違わないわけにはいかないのです」

「特に放課後の玄関《げんかん》はなぁ……ううん」

「真冬もここで詰《つ》まったのです」

少し悩《なや》み、そして、俺は一つの提案をする。

「よし、じゃあ裏手の、職員専用玄関から行こうか」

「職員専用……ですか？」

「そう。あそこなら教職員だけしか使わないから、人と会う確率は大分《だいぶ》低いと思うよ。ここから裏手の方は、ぐるっと回り込めるしね」

「了解です！　では、スネカジリ、移動開始します！」

というわけで、移動移動。途中《とちゅう》、俺が表の玄関に寄って自分のと真冬ちゃんの上履《うわば》きを回収、職員専用玄関周辺に誰《だれ》も居《い》ないのをまず俺が確認してから、素早《すばや》く手信号で真冬ちゃんを呼び寄せた。真冬ちゃんが頭を低くした体勢で、遂《つい》に、碧陽《へきよう》学園に潜入する。

「なんか凄い悪いことしている気分になってきたよ……」

「そうですか？　スネカジリは、むしろワクワクしてきました！」

「いや、分かってる？　このゲーム、ゲームオーバーになって被害《ひがい》受けるのは、キミなんだからね!?　なんか俺がプレイヤーになっているけど、基本俺この事態《じたい》に無関係だからね!?」

「……先輩は、真冬の体、他の男性に見られてもいいのですか？」

「よし、行くぞスネカジリ！　油断するな！　歯をくいしばれ！」

「イエッサー！」

俄然真剣味《がぜんしんけんみ》が出て来た俺は、早速《さっそく》職員専用玄関から先に進み、周辺の廊下《ろうか》の様子を探《さぐ》る。

しかしここからは流石校内……いや、敵本拠地《ほんきょち》、警戒《けいかい》が尋常《じんじょう》じゃない。

「くそう、兵士だらけだぜ……」

「現実とゲームとの混同を心配すべきなのは、むしろ先輩では……」

俺の声が聞こえていたらしい真冬ちゃんが、職員玄関の方からツッコンで来る。

しかし、それにしてもどうしたものか……と悩んでいると。

「……なっ！」

「あれ？　杉崎、どうしたの？」

なんと、廊下の先の方から会長がとてとてとやってきた！　これはまずい！　真冬ちゃんは職員玄関の方で隠《かく》れてはいるものの、ちょっとそっちに行かれればすぐに見つかってしまう！　ここは、怪《あや》しまれないようにしなければ！

「どうも会長。では、ご機嫌《きげん》よう、おさらばえ」

「おさらばえ!?　なにその言葉遣《ことばづか》い！　っていうか反応もおかしいよ！　どうしたの杉崎！　なんか隠しているの!?」

一瞬《いっしゅん》でバレていた！　あの鈍感《どんかん》な会長にさえ、ごりごりバレていた！　職員専用玄関で真冬ちゃんが、俺にだけ聞こえるぐらいの小さな声で「駄目プレイヤーに操られるキャラクターの気持ちが理解出来ました……」と嘆《なげ》く。

俺はどうにか取り繕《つくろ》う。

「す、すいません。生徒会室以外で会長に会えた喜びで、つい、舞《ま》い上がってしまいました」

「そうなんだ。でも……杉崎、こんなところで何しているの？　もう生徒会だよ？」

「か、会長は何しているんですか？」

「え？　おさんぽ」

　この天然お子様会長がっ！　なぜこのタイミングで、こんなところを散歩する！

「か、会長も、じゃあ、そろそろ生徒会室に行ったらどうでしょうか」

「うん、そうだね！　じゃあ……職員専用玄関見学したら、生徒会室行くよ！」

「！」「！」

　背後で真冬ちゃんが息を呑《の》むのが分かった！　これは……これは、まずい！　今俺達の中では警報が鳴《な》り響《ひび》いている！　真っ赤だ！　心の中は、深紅《しんく》だ！

　まずいぞ……まずいぞ……。男に見られるわけではないものの、会長に見られたら絶対に騒《さわ》ぎまくって人を呼ぶだろうし、なにより、俺がスク水の真冬ちゃんを連れ回していたという事実が限りなくやべぇ。変態だ。エロゲでたまに見る、彼女に恥《は》ずかしい格好をさせて人前歩かせる類《たぐい》のゲスみたいだ！

「？　杉崎、ちょっとどいて？　職員専用玄関見るから」

「え、いや、あの……ダメです。ここは、どけません！　この先に行くなら……俺を倒《たお》してから行けぇえええええええええええ！」

「ええ!?　なんで!?　なんでこんなところで杉崎が中ボスみたいなことやってるの!?」

「俺は、最近知りましたが、現実とゲームを混同する男なのです」

「そ、そうなんだ。でも……あの、今はそこどいてほしいんだけど……」

「会長の頼《たの》みと言えど、それればかりは聞けません」

「なんでそれだけ駄目なの!? 杉崎にとって、職員専用玄関を守る使命は、そんなに大事なの!?」

「大事です。この使命を果たさないと、俺は、魔物《まもの》になってしまうのです」

「なにそのファイナ○ファンタジーXIII的設定!」

「そんなわけで、お引き取り願おう」

「いやだよ! 私は……私は、こんなところで諦《あきら》めない! 必ずや、職員専用玄関を見るのよ!」

なんか会長に火がついてしまった。やべぇ。すっかり主人公だ。これはもう、戦闘突入《せんとうとつにゅう》する勢《いきお》いだ。

仕方ない。俺は、最終手段を持ち出す。

「そ、そうだ。俺さっき生徒会室に顔を出して、ケーキを差し入れしてきたんですよ」

「え!? そうなの!? こうしちゃいられないよ! じゃあ杉崎、私先に生徒会室行っているからねー!」

というわけで、ぴゅーと駆《か》けていく会長の背を見守り、ふぅと一息。職員専用玄関に戻《もど》ると真冬ちゃんが「大丈夫ですか?」と心配げに見つめてきた。

「うん、完全なる嘘《うそ》だから、俺の好感度はごりごり下がるけどね……仕方ないさ。あとで本当にケーキ奢《おご》るよ」

「では、先に進みましょう」

「と言ってもなぁ」

職員専用玄関周辺は、人通りが多くはないものの、それでも、ゼロにはそうそうならない。なっても、ホント数秒間だけ。廊下だけに隠れる場所もない。ゲーム部の部室は二階らしいから、とりあえず、廊下の端《はし》の階段まで行きたいのだが……。

「ちょっと待ってて」

真冬ちゃんを残して、先の様子を見にいく。すると、階段すぐ下に、「教材室」なるものがあるのを発見した。試《ため》しにノブを回してみると、鍵《かぎ》もかかってない。中はダンボールだらけで、どうやら、当面要《い》らないものを押し込んでいるだけの部屋のようだ。……これはいい。

俺は周囲を窺《うかが》い、真冬ちゃんに電話をかけた。

『はい、こちらスネカジリ！』

「スネカジリ。ミッションだ。俺が合図をしたら、全速力で、この教材室に駆け込むんだ。ここならとりあえず、人に見つかることはない。次のルートは追って考える」

『ラジャーです！　では大佐《たいさ》！　タイミングの指示を！』

そんなわけで、俺達は危険だがリターンの大きいミッションを開始する！

「よし……。……待て……待て……焦《あせ》るなよ……息を殺せ……」

『はぁはぁ……はぁはぁ……』

尋常じゃない緊迫感《きんぱくかん》だった。温《あたた》かい空気と有名な碧陽学園で、まさかこんな事態になろうとは、誰が予測しただろうか。読者さえもついてこれていまい。しかし、俺達はマジだった。おにごっこやかくれんぼは、実際にやったら、生き死にがかかっているわけでもないのに、かなりドキドキするだろう。あれと同じだ。当事者には、余裕《よゆう》が無い。

「待て……待て………！　今だ！　人が途切《とぎ》れた！　来い来い来い！」

『う、うぉおおおおおおおおおおおおおおおおおおおおおおおおおお！』

スク水の少女が猛然《もうぜん》と廊下をダッシュする姿が、そこにはあった！　なんてシュール！

「！　しまった！　誰か来る！　まずい！　スネカジリ、引き返――」

『いや、行きます！　このまま――うぁあああああああああああああ！』

「す……スネカジリィイイイイ！」

ずさぁああああああ！　真冬ちゃんが、つるつるの肌《はだ》を武器に、つるつるとした床《ゆか》を滑《すべ》り込む。そうして、兵士（生徒）がこちらを向くその刹那《せつな》、ギリギリで、教材室へとその身を隠した。俺は慌《あわ》てて、バタンとドアを閉める。

「？」

一連の大きな物音に、兵士が何事かと、不思議そうにこちらを見ながら教材室の前を通過していく。俺はあははと笑いながらごまかし、そうして人がいなくなったところで、額《ひたい》の汗《あせ》を拭《ぬぐ》った。教材室のドアに背をもたれさせ、中の真冬ちゃんに声をかける。

「ミッションコンプリートだ。よくやった、スネカジリ」

「はぁはぁ……はい……お、お褒《ほ》めに与《あずか》り、光栄です！」

「しかし、油断してはいけないぞ、スネカジリ。残念ながら、ゲームと同じく、この様子だと学園の内部へ進めば進むほど、難易度が高まっていく。ここら辺はまだ警戒が少なかったからよかったものの……」

「はい……ここから先は、こういう隠れる場所も少ないでしょうし……」

「となれば、ここでしばらく作戦会議だな――」

と、喋《しゃべ》っている途中で。階段から、コツコツと足音を鳴らして、誰かが下りてきた。俺はなにげなくその人物を眺《なが》め……ぎょっとする。

「ち、知弦《ちづる》さん!?」

「あら、キー君。こんなところでへたりこんで、どうしたの？」

「あ、いえ、その、ちょ、ちょっと休憩《きゅうけい》です」

へらへらと笑いながら、なんとか流すも、首を傾《かし》げた黒髪《くろかみ》美女は、不思議そうにこちらへと近づいてくる。

「た、大佐ぁ」

ドア越《ご》しに小さく声を漏《も》らす真冬ちゃん。ま……まずいぞ、これは！　会長でさえ、あの鋭《するど》さだったんだ！　知弦さんなんか……どう足掻《あが》いたって、うまくかわせる自信が無い！

知弦さんは俺の前まで来ると、中腰《ちゅうごし》になって俺を覗《のぞ》き込んできた。

「ちょっとキー君、大丈夫《だいじょうぶ》？　凄《すご》い汗……」

「はは、は。ちょ、ちょっと熱気味でして……」

「大変！　ほら、肩《かた》貸してあげるから、保健室まで行きましょう？　こんなところで座《すわ》ってちゃいけないわ」

「あ、なんか急に治《なお》りました」

「ええ!?」

俺は立ち上がり、わっしゃわっしゃと体を動かす。知弦さんはぽかんとした後、「なんか本当に元気そうね……」と不思議そうに表情をしかめる。

「空元気《から》みたいでもないし……。うん、熱もないみたい」

わざわざ俺の額に手を当て確認する知弦さん。うぅ、仮病《けびょう》使ってごめんなさい……。

「でも、だったらどうしたのよ、キー君。こんなところで座り込んで」

「えーと、それは、その……」

「ん？　そこは……教材室？　なにかここに用事でもあったの？」

や、やべ！

「えと……そ、そうなんですよ！　ここに、荷物運ぶよう先生に言われましてね！　やー、疲《つか》れました疲れました。ですから、ここでぐったり一旦休憩《いったんきゅうけい》させて貰《もら》ってた次第《しだい》です」

「そうなの？　ふーん……」

な、なんか知弦さんの目が細められている。こ……これはまずいぞ！　こういう目になった時のこの人は、超能力《ちょうのうりょく》者なんじゃないかってほど、全てを見通している確率が高い！

案の定、なにかニヤリといやらしい笑みを浮《う》かべた彼女は、核心《かくしん》に迫《せま》る要求をしてきた。

「ちょっと、教材室の中見させて貰っていいかしら？」

「な、なぜですか？　見ても、面白《おもしろ》いもんじゃないですよ？」

「それは私が判断することよ、ねえ、キー君？」

あ、ああ、ああああ。だ、駄目《だめ》だ！　この人には敵《かな》わない！　この人は、敵兵とかラスボスとか、そういう生温《なまぬる》いもんじゃない！　ただの、純粋《じゅんすい》な、ゲームオーバーだ！　ゲームオーバーが服着て歩いているような存在だ！　出会った時点でアウト。触《ふ》れた時点で終了《しゅうりょう》。そういう類の、キャラとかじゃない、「ルール」レベルの存在なんだ！

「いや、あの、ここは、その」

「キー君？　み、せ、て？」

「ああぅあぅ」

妖艶《ようえん》に顎《あご》を持ち上げられ、鋭い眼光で要求される。

もう、駄目だ。ごめん……真冬ちゃん。俺はキミの名誉《めいよ》を、守ってあげられなかった。

そしてさよなら、俺の健《すこ》やかなる学園ライフ。スク水少女を連れ回し隠《かく》していたとなれば、知弦さんのことだから、それをネタに俺を脅《おど》しに脅し、黒い……それは黒い、あんな仕事やこんな仕事をさせるに決まっている。

さようなら、シャバ。こんにちは、アンダーグラウンドの方々。

俺はその場をゆっくりとどこうと——

「遂《つい》に現場を押さえましたわよ、杉崎鍵！」

「え？」

このタイミングで、更《さら》に、イレギュラーな存在が追加された。向こうからずんずん歩いてくる金髪《きんぱつ》は……新聞部部長、藤堂《とうどう》リリシア！　またの名を、今一番会いたくなかった人！

ば、馬鹿《ばか》な、更に不幸が重なるだと!?　さっきまで諦めていた俺だが、これは、駄目だ！　この場に、あの口が軽くて月まで飛べそうな人まで立ち会うなんて……そんなことになった日には、俺も真冬ちゃんも、二度と碧陽《へきよう》学園に通《かよ》えなくなる！

ガタガタと震《ふる》え、尋常《じんじょう》じゃない汗をかく。中の真冬ちゃんも、今、まさに俺と同じ状態だろう。

リリシアさんは俺達の側《そば》まで来ると、バッと、一枚の新聞を突《つ》きつけてきた。

「昨日貼《は》り出した校内新聞ですわ！」

「……え？」

「案の定見てないようですわね。ここに書いてある通り、貴方《あなた》が校内にエロ本を大量所持しているという疑惑《ぎわく》！　これについて、今日は貴方の反論を貰おうと捜《さが》していましたが

……ふっ」

リリシアさんは、顔面蒼白《そうはく》の俺と、教材室を見て、何かを悟《さと》ったように笑う。

「最早《もはや》、確認するまでもないようですわね」

「あ……」

な、なんだこの人。俺が……ここにエロ本を隠していると勘違《かんちが》いしているのか？

…………。

いける！

「く、くそぉ！　まさか……まさか新聞部に足下《あしもと》をすくわれるとはぁ！」

「おーほっほっほ！　うちだって、ゴシップだけじゃないということを、見せつけてやりますわー！　明日の号外、楽しみにしなさいませぇー！」

リリシアさんが、小躍《こおど》りしながら去っていく。がっくりと項垂《うなだ》れる俺。

そして……。

そんな俺を、完全に見下した視線で見守る女性が、一人。

「キー君……。…………。……じゃ、じゃあ生徒会室で、待ってるわ」

「せめて何か触れて下さい！　反応がリアル！」

「ふぅ。こんなに普通《ふつう》に最低だと、もう、ドＳ精神も萎《な》えるというものよ。いじめられて当然の人間をいじめて、何が面白いの。はぁ……なんかガッカリだわ。じゃあ」

「ああっ！　なんか不思議な好感度の下がり方を！　ちょ――」

知弦さんは失望した様子で、カツカツとその場を去っていってしまった。

…………。

「た……大佐《たいさ》！　やりましたね！　ミッションコンプリートですよ！」

「失った物が大きすぎるけどね！」

そんなわけで、危機は去った。ついでに俺の積《つ》み上げてきた好感度も、去った。

真冬ちゃんがドア越しに声をかけてくる。

「でも、なんだか本当に暗雲《あんうん》立ちこめてきましたよ。ここまで来るのにこの調子じゃ、この先なんて……先輩《せんぱい》にも迷惑《めいわく》かけっぱなしですし……」

「いや、もう、むしろ、ここまでやって断念とか、俺が報《むく》われなさ過ぎるんで勘弁《かんべん》してくれませんか！　スネカジリの意志に反しても、俺は、クリアさせるからな、このゲーム！」

「はぅっ！　大佐がやる気です！　分かりました！　スネカジリも、頑張《がんば》ります！」

「……まあ、そうは言ったもののなぁ」

知弦さんやリリシアさんが完全に去ったのを確認し、階段の方の様子を探る。人通りが多い階段でもないが……少ない階段でもない。絶えず人が往《い》き来しているため駆《か》け抜《ぬ》けるのは至難《しなん》の業《わざ》だし、駆け抜けたところで、上には教材室のような隠れる場所もない。

しかし、かといって、ゲーム部の部室が二階にある以上どこかの階段は通らなきゃいけないわけで、他から回り込めばどうなるというものでもない。

教材室の前に戻《もど》り、腕《うで》を組んで悩《なや》む。さて、どうしたものか……。

「大佐！」

「どうした、スネカジリ」

「スネカジリ……行きます！　無理でも、やりきります！　それが、身を張ってスネカジリを守ってくれた大佐に報いる、唯一《ゆいいつ》の方法だと思いますので！」

「す、スネカジリ！　しかし……特攻《とっこう》するにも、あまりに分《ぶ》が悪い勝負では……」

「大丈夫です！　スネカジリに、名案があります！　大佐は階段の上で待機して、ケータイで人通りを報告して下さいです！　あとは、スネカジリがなんとかします！」

「スネカジリ……。……分かった！　お前を信じる！」

「大佐！」

「スネカジリ！」

戦場で芽生《めば》えた、唯一無二の信頼《しんらい》関係だった。戦友と一緒《いっしょ》なら、どこまでも生き抜いていける！　今の俺には、そう思えた。

ところで皆《みな》さん、この小説は、生徒会の一存シリーズです（確認）。

スネカジリの指示通り、階段の上に待機する。そして、人通りを見守りながら、電話。

「スネカジリ……言っちゃなんだけど、やっぱり人通りは途切《とぎ》れないぞ。うまく隙間《すきま》を縫《ぬ》って行けても、せいぜい、踊《おど》り場《ば》ぐらいまでが人に見られない限界だ。しかし踊り場には隠れる物もないし……」

『大丈夫です、大佐！　スネカジリを信じて下さい！　大佐は、踊り場ぐらいまでの隙間でいいので、うまいタイミングで、ミッションスタートを宣言して下さい！』

「分かった。キミがそこまで言うなら……。よし、待て……待て……焦《あせ》るな……」

『はぁはぁ、はぁはぁ』

どっくんどっくん。どっくんどっくん。

「焦るなよ……機を待て……見逃《みのが》すな………。……！　今だ！　行け行け行け行け！」

『うぉおおおおおおおおおおおおおおおお！』

バン！　教材室の扉《とびら》を勢い良く押し開けた音！　直後に階下からドタドタと階段を駆け上る音響《おんきょう》！　俺はそれを耳で確認しながら、視線はこちらにやってくる生徒の方に向けていた！

「まずい！　スネカジリ！　もう生徒が来ている！　止まれ！　いや、戻れ――」

『大丈夫《だいじょうぶ》です！　踊り場まで来ました！』

「いや駄目だ、踊り場じゃ、そのままでは見つかる――」

そう、焦って声をかけ、階下の方を覗《のぞ》き込むと！

踊り場に、ダンボールが、居た。

「なんか居る――――――――――!?」

『はぁはぁ……はぁはぁ……』

電話から聞こえてくる、くぐもった声。なんかさっきから音がおかしいと思ったら、ダンボール内だったのか！

絶叫《ぜっきょう》する俺にびくびくしつつ、やってきた生徒が、俺の脇《わき》を抜けて階段を下りていく。

そして……踊り場のダンボールに、一瞬《いっしゅん》びくりと制止。

『完璧《かんぺき》です……スネカジリは、今や透明《とうめい》人間も同様！』

小さな声で電話に語りかける真冬ちゃん。俺は生徒に聞かれないようにツッコミ返す！

「不自然にも程があるよ！　なんで階段の踊り場にダンボールが鎮座《ちんざ》しているんだよ！」

『見て下さい。小さく開けた穴からスネカジリも確認していますが、この敵兵、全然スネカジリに気付いてませんよ。呆然《ぼうぜん》としています！』

「そりゃキミに大注目しているからだよ！　どうすんだよ！　めっちゃ不審《ふしん》な視線で見ら

れているじゃないか！」

『だ、大丈夫です！　わざわざ教材室の数あるダンボールから、この無地のヤツを選んだのには、ワケがあるのです！　見て下さい、このスネカジリがその場にあったマジックで書いたロゴ！』

「そ、それは⁉」

《核廃棄物《かくはいきぶつ》在中》

「どんな学園だぁ――――――――――――――！」

『完璧です！　これで、誰《だれ》も近寄ろうとは思いません！　まさに透明人間！』

「不自然すぎて驚愕《きょうがく》するわ！　ほら見ろ！　さっきの生徒、微動《びどう》だにしないぞ！」

『ふふふ……顔を青くしてやがるぜ、です』

「そりゃ青くもなるわ！　なんかもう、色々相俟《あいま》って、怖《こわ》いわ！　世にも奇妙《きみょう》な世界に迷い込んだ気分だろうさ、彼は！」

学校で普通に階段を下りようとしたら、踊り場で不自然なダンボール、側面には《核廃棄物在中》というロゴ、しかもなんか手書き……があった時の心境は、俺にはとても察せなかった。

通行人の彼は、しばしダンボールを凝視《ぎょうし》した後……何を思ったのか、そぉっとそぉっと、そのダンボールから出来るだけ離《はな》れるカタチで階段を下りきり、そして、最後はダッシュで去っていってしまった。

……なんか成功した！

『スネカジリ、作戦を継続《けいぞく》します！』

「うぉっ!?　ダンボールが階段を上ってくる!?」

しかも中身はスク水少女だということを考えると、もう、シュールさがインフレを起こしていて、頭がパニックだった！

しかし、なんだかんだで、階段上の俺のところまで到着《とうちゃく》。ダンボールは俺のすぐ横に鎮座した。そのタイミングで二階廊《ろう》下《か》から敵兵（生徒）がまた数人やってきたので、俺は重いダンボールを一旦《いったん》下ろしたような演技で、その場をやり過ごした。ダンボール単体で踊り場にあるよりは幾分《いくぶん》自然だったようで、彼らは特に不審な目で俺を見ることもなく、階下へと去っていく。……ふぅ。

ダンボールの中から、聞こえてくる声。

「ふふふ……スネカジリの機転、見たか、です」

校舎裏にて

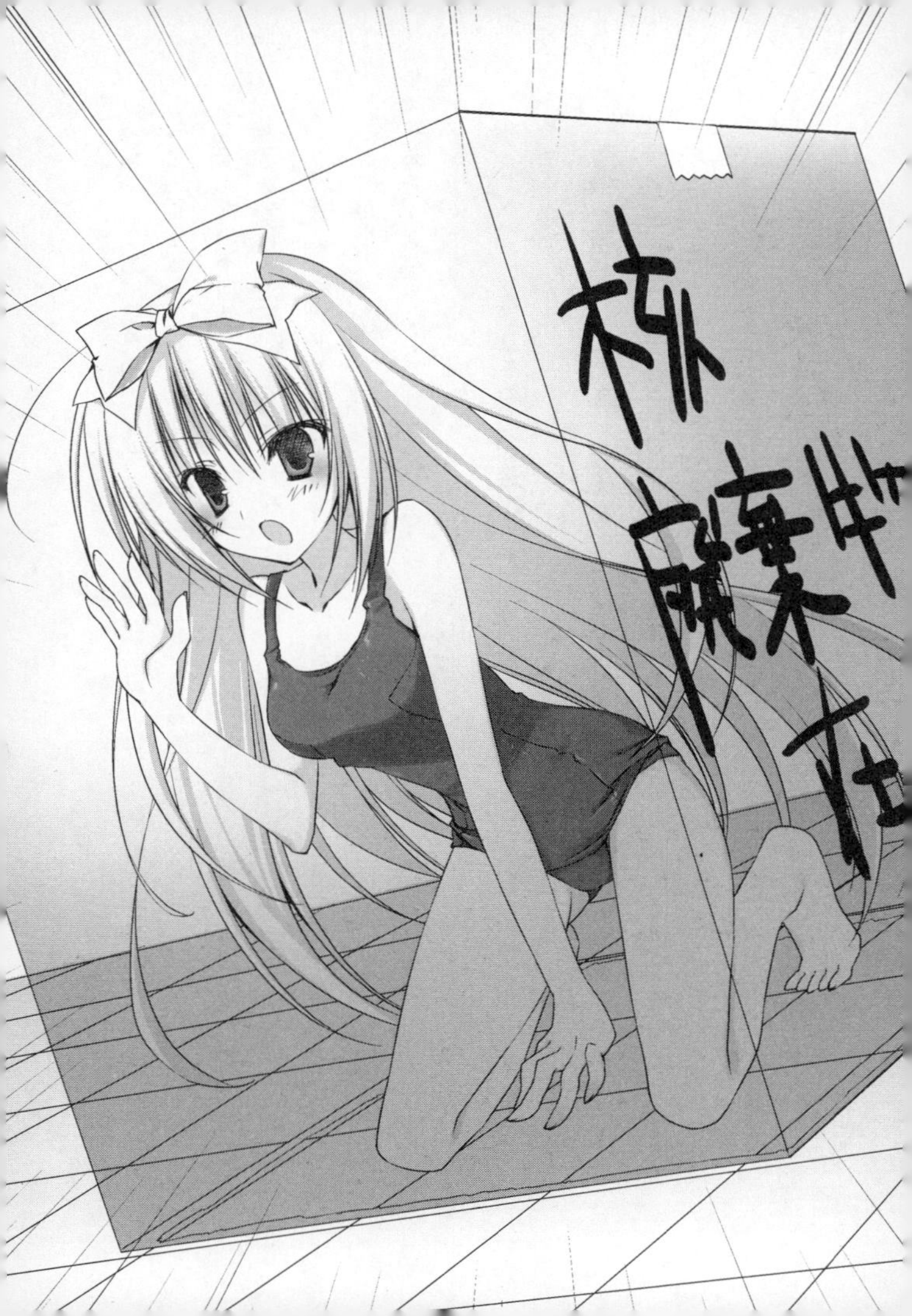

「うん、まあ、結果的になんとかはなっているけどさ！　核廃棄物在中ロゴは、確実に要《い》らなかったよ！　出来れば無地のまま来て欲しかったよ！」

「そんなの不自然じゃないですか」

「そこを不自然と思う感性はあるんだ！」

不思議！　ダンボールと喋《しゃべ》っているこの状況もとっても不思議！

「とにかく、大佐。ここまで来たらもうすぐです。ゲーム部に向かいましょう」

「ああ、うん。……でも……」

ちらりとダンボールを見て、それから、周囲の廊下を見る。

「スク水が目撃《もくげき》されるのは回避《かいひ》出来ているけど……ダンボールのまま動くのも不自然だろう」

「碧陽《へきよう》学園だから大丈夫じゃないですか？」

「うん、正直《しょうじき》そんな感じはするけど！……うーん、台車でも持って来て、そこにスネカジリダンボール載《の》せて運ぶか」

「でも教材室に台車は無かったです」

「そっか……他の台車取りに行こうにも、結構時間かかりそうだし……。ここにダンボール放置は怖いし、却下《きゃっか》か……。じゃあ、俺がひきずっているように見せかけて、移動する？」

「うーん……それもスネカジリ、あんまり自信無いです。見て貰《もら》えば分かるんですけど、このダンボール、底を抜いちゃっているんで。こうして黙《だま》っていればそう分からないですけど、移動すると、こすっている音が軽かったりで、かなり違和感《いわかん》ありそうです」

「そっかぁ……どうしたもんかな」

「……ふわぁ。大佐が作戦考えている間、スネカジリ、寝《ね》てていいですか？」

「暗い閉所で落ち着くな！　この生粋《きっすい》のひきこもり！　ちゃんと自分でも考えなさい！」

「ええー」

「誰の問題だと思っているの⁉」

「大佐の問題です。もしも見つかった時は『先輩《せんぱい》に無理矢理……ぐす』と言って同情を買えば、スネカジリ的には万事《ばんじ》ＯＫですので」

「それは確かに俺の問題だ！　いよいよゲームオーバーになれなくなってきた！」

「ま、頑張《がんば》って下さいです。真冬は寝てますので。よいしょと」

「悪女かっ！　ダンボール内で自分の生活を確立するのはやめろ！」

「うぅ、じゃあ大佐、いい作戦あるんですか？」

「そ、そうだなぁ。廊下を通るのが難《むずか》しいなら……室内を通るのはどうだろう？」

「室内ですか？　よく意味が分かりませんが……」

「ふふ、ここからゲーム部の部室までの間に、かなり大きめの理科室と理科準備室があるだろう？　そこを通っていけば……あら不思議！　出るのはゲーム部部室前！」

「な、なるほどです！　それは良い作戦です！　では早速《さっそく》行きましょう！」

「おう、じゃあ理科室の様子を探《さぐ》ってくるぜ！」

というわけで、俺、意気揚々《いきようよう》と偵察《ていさつ》開始。

そして、十秒後。ダンボールの隣《となり》に戻《もど》ってきた俺は、神妙《しんみょう》な面持《おもも》ちで、彼女に告げる。

「……スネカジリ氏、スネカジリ氏」

「な、なんですか急に、そんな定番のオタク像みたいな喋り方して」

「大変残念なお知らせがあるでござるよ」

「だから、なんか悪意を感じる喋り方やめて下さい！　そんなオタクはいません——」

「理科室で、ザッと十人以上のリア充《じゅう》っぽい男女集団が、楽しく歓談《かんだん》中でおじゃる」

「ちょｗｗｗ　おまｗｗｗ」

あまりのショックに、二人して典型的なオタク化してしまっていた。理由は特にない。

……なんか違《ちが》う口調でも使わないとやってられない時って、あるよね。

しばし二人の間に無言の時間が過ぎる。しかし……唐突《とうとつ》に、ダンボールの中から「くくく……」と怪《あや》しい笑い声が聞こえてきた。

「大佐……こんなこともあろうかと、スネカジリ、教材室からいくつかのアイテムを持ち出してきたのです」

「おお！　マジか！　この際、学校の備品を勝手に持って来たことについては目を瞑《つぶ》ろう！　それで……何を！　何を持って来たんだ！」

俺の問いに。

一瞬の躊躇《ためら》いみたいなものがあった後……ダンボールが少しだけ持ち上がり、その隙間《すきま》から、ある黒光りするものが出て来た。

その形状にごくりと息を呑む俺に……彼女は、厳《おごそ》かに、告げる。

「銃《じゅう》です」

＊

「こちらアルファ1。配置についた。オーバ」

「こちらアルファ2。準備は万端《ばんたん》だ。いつでもいけるぞ、です。オーバ」

理科室の戸に張り付き、面と向かっているのに、無線連絡《れんらく》のようなやりとりをする。

……いいんだよ、こういうのは気分なんだから。

片手には、黒光りする銃。オレのもう片方の手には、とある特殊《とくしゅ》装備。ダンボールの中の真冬ちゃんは、二丁拳銃《けんじゅう》を構えているはずだ。

俺は……作戦開始の合図を告げるべく、戸に手をかけ、ゆっくりと息をしつつ、ダンボールに声をかける。

「スタンバーイ……スタンバーイ……」

「…………」

気分は特殊部隊。すごいなんとなくの雰囲気《ふんいき》で合図しているが、言っていることは、「待て」と別に変わらない。日本人だし。でもいいんだ。

「スタンバーイ……」

通行人からめっさ注目されていて本末転倒《ほんまつてんとう》な感は全く否《いな》めないが、ここまで来たらやるしかない。……いくぞ！

思い切り戸をガラガラと開き、とある特殊装備を思い切り室内に投げ込みつつ、ダンボールに絶叫《ぜっきょう》気味の指示を出す！

「ゴー！　ゴーゴーゴーゴーゴーゴー！」

《バシャバシャバシャバシャバシャ！》

「きゃあ⁉」「ぐわっ！」「やめてくれぇー！」「助けてぇー！」「いやぁー！」

《ピュンピュン！》

《ズダダダダダダダダダダ！》

「スネカジリ、行けぇ――――――――――――――――！」

「うぉおおおおおおおおおおおおおおおおおおお！」

銃声《じゅうせい》、怒号《どごう》、悲鳴、そして……《欠陥《けっかん》持ち運びスプリンクラー音》！　読者の皆様《みなさま》おいてけぼりの、大変申し訳無い描写《びょうしゃ》が続いております！

そんなわけで、唐突に俺と真冬ちゃんによる、理科室制圧劇が始まっていた！

最初に、真冬ちゃんが教材室から持って来た『猛烈《もうれつ》な勢いで水を撒《ま》き散《ち》らし暴れ回るため手が付けられない欠陥持ち運びスプリンクラー』（スタングレネードのつもり）に水をたっぷり入れて理科室に投げ入れ、パニックを起こして自分達から注目を外《はず》す！

混乱の中俺達は理科室に突入《とつにゅう》、こちらを向いた者達から優先的に銃によるヘッドショット……いや、水鉄砲《みずでっぽう》による目つぶしショット――目の安全を考え、威力《いりょく》最弱（プール上がりの洗眼《せんがん》レベル）のふんわりショットかつ、目ではなく額《ひたい》にヒットさせ垂《た》れてきた水による目つぶし、更《さら》に中身は近くの保健室から拝借《はいしゃく》した目薬——で視界を奪《うば》う！

つまり！

「なんじゃこりゃぁ！」「いやぁ！　顔が濡《ぬ》れてるんですけどー！」「一体何が——！」

純然たる、迷惑行為《めいわくこうい》！　咎《とが》められても何も反論は出来ません！　最早《もはや》軽いテロ！

『ごめんなさーい！』

「なんか謝《あやま》りながら撃《う》たれてる！」「目が……目がぁ——！……なんかスッキリした！」「不思議！　無駄《むだ》に目の疲《つか》れがとれていく！　でも視界が！　視界が！」

『ごめんなさい、ごめんなさい、ごめんなさい！』

そう言いつつも、二人、ヘッドショット（額への水鉄砲当て。よい子はマネしないでね！）を決めていく。基本万能《ばんのう》な俺は勿論《もちろん》、一時的にダンボールを脱《ぬ》いだ真冬ちゃんも、ゲームで慣《な》らした腕《うで》のおかげか、正確にショットを決めていく。

そうして、十人近くのリア充生徒達の視界をものの数秒で奪いきった！

「理科室、オールクリア」

「オールクリア！」

二人、ちゃきっと銃を下ろして、一息つく。しかし、室内からは大ブーイングの嵐《あらし》だった！

「な、なんなんだ、お前ら！　こんなことして……生徒会に言いつけるからな！」

そのセリフに対し……真冬ちゃんが、あくどい声で宣言する。

「生徒会に報告しても無駄です！　なぜなら……生徒会も、既《すで》に我《われ》らの手の内ですからねぇっ！　くくくくく！」

「な、なんだってぇ⁉　お前らは……一体！　くっ！　目さえ見えれば！　なんかすげぇスッキリしているのに、濡れてて開かない！　なんなんだ！」

俺達、本格的に悪役だった。なんかもう良心の呵責《かしゃく》がもの凄《すご》いので、調子に乗る真冬ちゃんを促《うなが》して、ダンボールに入れてさっさと部屋を駆《か》け抜《ぬ》けることにする。

一応、捨《す》てゼリフだけ残しておくことにした。

「こ、これに懲《こ》りたら、許可をとらずに勝手に理科室にたむろしちゃ駄目《だめ》ですよ～」

『たったそれだけのことでオレ（私・僕）達制圧されたの⁉』

う、うん、ごめんよ、リア充集団さん達。正直やり過ぎもいいところだけど、その、水はすぐ乾《かわ》くし、目は数十秒もすれば元通りなんだから、その、許してね？　ね？　真冬ちゃんが着替《きが》えたら、後で俺達が責任持って掃除《そうじ》もするから。

とりあえず、入ってきた方の戸とは反対の方の戸から理科準備室を経由《けいゆ》して、俺だけ廊《ろう》下《か》に出て、様子を探り、生徒の往来が無くなったタイミングで、真冬ちゃんＩＮダンボールを廊下に出す。

そうして、すぐ目の前にあったゲーム部部室ドアにぴたりとつける！

「こ、ここまで長かった……」

「スネカジリ……感動です！　まさか、本当にここまで来られるなんて！」

「うん、失ったものはかなり多いけどね！」

「ではスネカジリ……行きます！　次に生徒が廊下から消えたタイミングで、素早《すばや》く指紋《しもん》認証をパスして、さくっとこのゲームをクリア——」

「ちょ、ちょっと黙ってスネカジリ！」

「!?」

危険な気配を感じて、慌《あわ》ててスネカジリを黙らせる。その瞬間《しゅんかん》……理科室の方から、聞き慣れた声が響《ひび》いてきた！

『なんだなんだ！　なんかここで凄い戦いがあったって聞いたぞ！　どうしたんだ！』

『あ、副会長！　聞いて下さいよ！　もう回復したんですが、なんか、この場に居た全員、急に襲《おそ》われて、目をスッキリさせられたんですよ！』

『なにぃ……そいつぁ卑劣《ひれつ》なテロだな！　犯人の終身刑《しゅうしんけい》は免《まぬか》れないぞ！』

そんな風に言われるほど悪いことじゃないと思うんですがっ！　確かに迷惑行為だったけどさっ！　過剰《かじょう》行為だったけどさ！　その判断もまた過剰じゃない!?

理科室の方から聞こえてくる、明らかに俺のクラスメイトであり、俺と同じく生徒会副会長であるその人の声が、徐々《じょじょ》に怒気《どき》を孕《はら》む。

『くそぉ……許せねぇ！　よし、皆《みんな》！　あたしに任《まか》せておけ！　犯人は、必ず捕《つか》まえてやる！』

『おおー！』

『それで、テロリストはどっちに逃《に》げたんだ？』

『あっちです！』

『分かった！　では……生徒会副会長、椎名深夏《しいなみなつ》、出撃《しゅつげき》する！』

直後、ガラガラと凄い勢いで開く理科準備室の扉《とびら》！　そして……ずんずんとこちらに向かってくる、仲間（生徒）に手を出され、鬼《おに》の形相《ぎょうそう》の少女……椎名深夏。

真冬ちゃんはダンボールに完全にひきこもり、しかしその上からでも分かるほど、ぶるぶると震《ふる》えていた。

こ、こいつぁ……まずいぜ！　ここに来て、まさかのラスボス登場だと⁉

深夏はこちらに気がつくと、気が立った様子のまま、話しかけてくる。

「おい、鍵！」

「は、はい！」

凄い気迫《きはく》だ！　いつもの様にセクハラ発言でもしようものなら、確実に骨を数本折られるようなオーラがある！

「お前、ここら辺で不審《ふしん》な人物……武装した二人組らしいんだが、目撃《もくげき》しなかったか？」

「さ、さあ……」

《ガタガタガタガタガタ》

俺の隣《となり》でダンボールが激しく揺《ゆ》れていた。それに注目した深夏が、厳《きび》しい視線のまま、俺に質問をしてくる。

「おい、鍵。このダンボールはなんだ」

「えと……その……」

「まさか……犯人が入っているんじゃ……」

「うっ！」

やべぇ！　ある意味正解だ！　どうにかしてダンボールを押さえつけようとするも、真冬ちゃんの恐怖《きょうふ》は頂点に達しているようで、とても震えが止まらない。こ、これはまずい！

「なあ、鍵。そのダンボール……ちょっと、中身確認させて貰《もら》っていいか？」

「え、いや」

「いいよな」

「う、はい」

《ガタガタガタガタガタガタガタガタガタ！》

ダンボール氏の震えが最高潮《さいこうちょう》だった！　ごめん、真冬ちゃん！　俺には断《ことわ》れなかったよ！　むしろ、断るという選択肢《せんたくし》さえ出なかったよ！

頭の中がぐるぐるする！　姉妹だから、水着を見られても大丈夫《だいじょうぶ》だよな？　説明すれば……い、いや、問題はもはや、そういうことじゃなくなっている！　このダンボールを開けて深夏が目撃するのは、スク水を着てぶるぶる震える自分の妹と、そして中にしまってある武装品の数々！

そこから何が推測されるのかは全然予想がつかないが、直情型の深夏のことだ……とりあえず、俺をまず半殺しにするだろう。なんとなく。俺でもこんな場面目撃したら、即《そく》俺

ろ!? 　を張《は》り倒《たお》す。……もう自分で仮定が意味不明すぎるが、テンパってるんだから仕方ないだ

「おい、鍵、なにしてるんだよ。ダンボールの中、見せてくれよ。それともなんだ、お前……もしかして……誰《だれ》か、匿《かくま》ってやがるのか？」

「ぎくり。…………。……ぜ、全然？　ひゅ、ひゅ～♪　あ、深夏、あっちにドーナツ落ちてるよ？」

「お前どんだけ怪《あや》しいんだよ！　怪しすぎて、なんか逆に怪しくねぇレベルだよ！」

「だ、だったら、うん、いいんじゃないかな、ダンボールの件は」

「そうもいかねえな！　あたしの捜査《そうさ》には……あのテロで命を落とした犠牲者《ぎせいしゃ》、悲しんだ遺族《いぞく》、殉職《じゅんしょく》した同僚《どうりょう》達、その他人生をねじ曲げられた多くの人達の願いが、かかっているんだ！　こんなところで諦《あきら》められねぇ！」

「なんか勝手にお前の中で凄い大犯罪に熟成《じゅくせい》されてね!?」

「そりゃ大犯罪だろう！　うちの生徒が大勢亡《な》くなっているんだぞ！」

「亡くなってねぇよ！　俺達スク水隠《かく》すだけでどんだけ他人犠牲にしてんだよ！」

「スク水？」

「あ……」

や、やべぇ！　追《お》い詰《つ》められて焦《あせ》って口をすべらせて追い詰められての悪循環《あくじゅんかん》に入りつつある！　どうしたらいいんだ！　どうしたらいいんだ、真冬ちゃん！

《ガタガタガタガタガタガタ！》

ダンボールはただ震えるばかりだ！　役に立たない主犯め！

「おい、鍵。こいつぁ……もう、明らかに、中に人いるだろ」

「ち、違《ちが》うよ？　この震えは……俺のケータイのバイブレーションだよ？」

「お前のケータイどんだけパワー強いんだよ！　そういう類《たぐい》の震え方じゃねえし！」

「ごめん……。本当は、中でまっくろく○すけ飼《し》育《いく》してんだ。光に弱いから、開けないでくれ」

「そうか……それじゃ仕方ねぇな——って、引き下がると思うか？」

「思わない。むしろまっ○ろくろすけで一杯《いっぱい》だったら一杯だったで、見ようとする人だと思います」

「その通りだ。よく分かっているじゃねぇか。じゃあ、開けるぞ？」

「……優《やさ》しくしてね？」

「おおう、驚《おどろ》くことに、今一気に開けたくなくなったわ！」

なんか効果あった！　しかし、それも一時《いっとき》のこと。

万事休《ばんじきゅう》す。全部、終わった。

深夏はダンボールに手をかけると、上のガムテープでとじられた部分を剝《は》がす。そして

――

「観念しやがれ！　テロリスト！」

ガバッと箱を開封《かいふう》――

瞬間、走馬燈《そうまとう》のように今日の出来事が俺の脳内を駆け巡《めぐ》る！　そう今日は二人で沢山《たくさん》の困難を乗り越《こ》え――いや、俺が苦労し、俺が苦労し、俺が苦労してきた！　なのに！　こんな結末だったら、俺の苦労にはなんの意味があるんだ！　結末は、抵抗《ていこう》してもバレても地獄《じごく》！　でも同じ地獄だったら！　せめて！

「駄目だぁ――――――――――――――――！」

「!?」

俺は深夏にタックル――と見せかけ思い切り抱《だ》きつき、ダンボールから引《ひ》き離《はな》す！　むにむにと柔《やわ》らかい体を楽しむ！　と同時にこんな嬉《うれ》しいことをすれば自分の命が無いこと

も悟《さと》るが、もう、どうでもいい！　深夏の目を押さえつつ、真冬ちゃんに指示！

「行けぇ――――――！　スネカジリ――――――！　俺に構わず、先に行けぇ――――――――――！」

「た……大佐《たいさ》！」

「うぉ!?　なんだ!?　こら、鍵、手をどけろ！　何も見えねぇだろ！　お前、どういうつもりだ！　こんなことして、覚悟《かくご》は出来ているんだろうな!?」

「ああ……出来ているさ！　どちらにせよ先は地獄なんだ！　だったら……だったら、俺は、ミッションを達成して地獄を見る！　だから行け！　行け、スネカジリ！」

「大佐……」

「さっきからなんなんだよ、そのスネカジリとか大佐とかって！　誰だ！」

ここに来て、ちゃんとコードネームが役立っていた！　役に入り込んでおいて良かった！

「行けぇ、スネカジリ！　俺が……俺が、この悪魔《あくま》を食い止めている隙《すき》に！」

「誰が悪魔だ！」

「大佐……分かりました！　スネカジリ、行きます！　お世話になりました！」

スネカジリが指紋《しもん》認証をパスしてゲーム部の室内に入り込んだことを確認する。と同時に、俺は深夏にはね除《の》けられた。その場に尻餅《しりもち》をついてしまった俺に、怒《いか》りマークを額《ひたい》に何個も浮《う》かべた深夏が、ぼきぼきと拳《こぶし》を鳴らしながら迫《せま》る。

「よぉ、鍵。急に人の体に抱きつき、テロリストを逃がしたんだ……どうなるかは、分かっているよな？」

「ふ……深夏、最後に一言、いいか？」

「なんだ？」

「お前の体……気持ちよかげぼらっ！」

　セリフの途中《とちゆう》で殴《なぐ》られ、俺はそのまま暴力の嵐《あらし》に飲まれていった。

＊

「副会長！　教材室が不審な荒《あ》らされ方をしているという情報が入りました！」

「なに!?　そりゃテロリストの犯行かもしれねぇな！　今行く！」

　そんなセリフとともに暴力が終了《しゆうりよう》したのは、あれから、何分後だったのか。俺にとっては永遠のような数分だった。

　ぐったりとしたまま、真冬ちゃんが着替《きが》えているであろうゲーム部の部室に背をもたれさせる。通行人は、俺をゴミでも見るかのようにして避《さ》けて歩いて行く。

……深夏の暴力の何が恐《おそ》ろしいかって、基本世界で最《もっと》も暴力を知り尽《つ》くした女の一人がやることのため、すんごい苦痛なのに、後遺症《こういしょう》や痣《あざ》の類は全然残らないということだ。ある意味善良、ある意味すんげぇ悪質。

なんせ、暴力の証拠《しょうこ》が残らない！　ドカバキボゴと凄《すご》い音していたし、実際凄い痛かったのに、どういうわけか、どこにも内出血もなにもない。服も傷《いた》まない。おかげで、俺がこうしてぐったりしていても、誰も保健室に連れて行ってくれようとさえしないぐらいだ。

ふぅと息を吐《は》き、廊下《ろうか》の天井《てんじょう》を見上げる。そうしていると、ゲーム部の部室から、真冬ちゃんが話しかけてきた。……今日はホント、お互《たが》いの顔を見ないで喋《しゃべ》る日だ。

「大佐……いえ、先輩《せんぱい》。大丈夫ですか？」

「おう、全然大丈夫じゃないけど、大丈夫」

「なんか……今日はごめんなさいでした」

「ははっ、今更謝《いまさらあやま》ることでもないさ。最後のは、俺の判断だしね」

「でも、色んな人に迷惑《めいわく》かけちゃいました」

「そうでもないさ。制圧された彼らだって、あんな風に深夏をけしかけるぐらいだから、ノリを分かってくれていたみたいだし。流石碧陽学園《さすがへきよう》生徒、空気読むね。まあ、後で一回ちゃんと謝りには行こうと思うけど」

「はい……」

「いや、ホント、あっちも全然気にしてないとは思うけどね？」

どこか神妙《しんみょう》な様子の真冬ちゃんに笑って応《こた》える。それでも、真冬ちゃんの声はどこか沈《しず》んだままだった。

「あの……先輩。真冬……ホントはっ――！」

「分かっているよ。いくらスク水でプールに放置されたからって、こんなことする必要、ホントは全然無い。もっと簡単な解決方法なんて、いくらだってあった、でしょ？」

「……はい。でも真冬……」

「いいんじゃないかな、それで」

「え？」

ドア越《ご》しに、少し凹《へこ》んだ様子の真冬ちゃんへ、笑いながら、告げる。

「人間としては本当に駄目《だめ》だけど。碧陽学園生徒としては、百点だと思うよ、今日の面白《おもしろ》イベント」

「先輩……」

「色んな人に迷惑かけまくっておいて、謝る前にこんなこと言うのもなんだけど……少なくとも、俺は、滅茶苦茶《めちゃくちゃ》楽しかったよ、このゲーム。巻き込まれた皆《みんな》も、そうじゃないかな。深夏含《ふく》めて、皆こういうアホみたいなトラブル、楽しんでいるんだからさ、碧陽学園って」

「そう……ですかね」

「そう。ホントに、碧陽学園生徒として、真冬ちゃんはそれでいいんだよ」

「…………」

「真冬ちゃん……実は、俺達生徒会とか、仲の良い人以外には、まだまだ気を遣《つか》っているところあるでしょう？」

「う……」

彼女の普段《ふだん》の生活は詳《くわ》しく知らないが、図星だったようだ。ようやく痛みも引いてきた俺は、立ち上がって、ちゃんとゲーム部の部室の方に向かい、告げる。

「だから、俺は今日、真冬ちゃんがこういうことに誘《さそ》ってくれて、ホント嬉しかったよ」

「……真冬、ちゃんと……テレビゲームじゃなくても……人と、面白く、遊べていたでしょうか？」

もしかしたら、この根の部分は引っ込み思案《じあん》で気弱な少女は。本当は、今日、かなりの勇気を振《ふ》り絞《しぼ》って、こういうことをやり出したのかもしれない。

俺は、少しだけそっけなく、回答する。

「それは、俺じゃなく、真冬ちゃんが決めることだろう？　さて、真冬ちゃん。今日、俺と……いや、碧陽学園の不特定多数の生徒達と戯《たわむ》れてみて、どうだったかな？」

その俺の問いかけを受けて。

しばし回答は返ってこず。

代わりに、ゲーム部のドアが、ゆっくりと開いた。

そこに居《い》た、ジャージ姿の、可愛らしい華奢《きゃしゃ》な少女は。

少しだけはにかんだ様子で。

「はいっ！　すっごく、楽しかったです！」

最高の笑顔を、覗《のぞ》かせてくれた。

……………まあ、この一分後には「校内謝罪《しゃざい》の旅」が始まるのだけど、それはそれだ。

立碧陽学園生徒会

Hekiyoh School student co

あとがき

どうも、本編短編含《ふく》めて十回目の登場、葵《あおい》せきなです。もうここまで全巻出演しているなら、一種のレギュラーキャラでしょう。そろそろヒロイン昇格《しょうかく》していいんじゃないでしょうか。男ですが。中目黒枠《なかめぐろわく》で。

さて、そんな誰《だれ》も得《とく》しない妄想《もうそう》したところで、本題。短編集三冊目、「生徒会の火種《ひだね》」をお送りしました。ここで、もう生徒会読者の九割九分が一巻の頃《ころ》から気付いていらっしゃるでしょう事実を、一つ。

先生……タイトル付けが……辛《つら》いです。

正直、毎回直前につけてますよ。読者さんから「八巻はどういうタイトルにするんですか？」とか「次は水……何なのか、友達と予想しています！」的なこと言われた時は、「さあてね？」みたいに、不敵《ふてき》な、大人の作家さん的対応をしちゃいますが。

ぶっちゃけ、内心汗《あせ》ダラダラ掻《か》いてますよ。うんなもん、こっちが知らんがなと。

そんなわけで、無理矢理感が漂《ただよ》いすぎている火種。お楽しみ頂《いただ》けたでしょうか。言い訳《わけ》すれば、一応、前日譚《たん》とか、歴代生徒会の話とかを番外編のどこかでやってみたいなという願望はあったので、まあこういうタイトルの機会があって、良かったんじゃないでしょうか。

ちなみに、たった今「火種っていうタイトルなら、生徒会がケンカする話とかでも良かったんじゃね？　むしろ読者はそっちを期待しね？」と気付きましたが、どうしたものでしょう。

とりあえず、よく色んな物語で訳知り顔の登場人物が使う『世の中には、気付かない方がいいこともある』というセリフを、心の底から噛《か》みしめることは出来ました。本当にありがとうございました。あとがきでリハビリ中の葵先生のこれからにご期待下さい。

気を取り直して！　明るい（そうあってほしい！）未来の話！

さて、次の短編集のタイトルは、一体どうなるのか！　是非《ぜひ》こぞって予想して下さい！　まだ答えは用意してませんけどね！

うーん、どうしよう。「生徒会の水害」として、最終巻（バッドエンド）にするか。「生徒会の水没《すいぼつ》」として、最終巻（バッドエンド）にするか。「生徒会の水死」として、最終巻（バッドエンド）にするか。どれがいいです？　え？　どれもいやだ？　なんてワガマいや、まあ終わりませんので安心して下さい。別にバッドエンド好きなわけでもないです。ただ、私が思うハッピーエンドが、読者さんにとってのバッドエンドであることがたまにありますが……だ、大丈夫《だいじょうぶ》だと思います。信じて下さい！　この私を！　最近戦争物のゲームばかりやっている、この私を！　最近ホラーゲーも多くやりがちな、この私を！　最近惨《むご》い終わり方する都市伝説が好物になりつつある、この私を！

……………。

ふぅ、こんなにも読者との信頼関係が厚い作家が、かつて、居《い》たであろうか。

さて、今巻も引き続き、様々な方にお世話になりました。短編集では余計に無茶なものを描《か》いて頂きがちな狗神《いぬがみ》さん、私の執拗《しつよう》なイジメに耐え忍《しの》び仕事をこなす担当さん、そして何より読者様方。本当にありがとうございました。

それでは、恐らくは五月に出るであろう本編、もしくは「生徒会の水〇」（バッドエンドじゃないことを祈る）でお会い致《いた》しましょう。

葵　せきな

【初出】

それらしい生徒会　ドラゴンマガジン２００９年５月号

会長の聖書　ドラゴンマガジン２００９年５月号付録

仕切り直す生徒会　ドラゴンマガジン２００９年11月号

二年Ｂ組の就寝　ドラゴンマガジン２００９年９月号

二年Ｂ組の移動　書き下ろし

二年Ｂ組の変身　書き下ろし

始まる生徒会　書き下ろし

忍ぶ生徒会　書き下ろし

富士見ファンタジア文庫

生徒会《せいとかい》の火種《ひだね》

碧陽学園生徒会黙示録3

平成22年3月25日　初版発行

著者——葵《あおい》せきな

発行者——山下直久

発行所——富士見書房

〒102-8144

東京都千代田区富士見1-12-14

http://www.fujimishobo.co.jp

電話　営業　03(3238)8702

　　　編集　03(3238)8585

印刷所——暁印刷

製本所——BBC

ISBN978-4-8291-3498-6 C0193

ファンタジア大賞 作品募集中
きみにしか書けない「物語」で、
今までにないドキドキを「読者」へ。
新しい地平の向こうへ挑戦していく、
勇気ある才能をファンタジアは待っています！
［大賞］300万円
［金賞］50万円
［銀賞］30万円
［読者賞］20万円
［選考委員］
賀東招二・鏡貴也・四季童子
ファンタジア文庫編集長（敬称略）
ファンタジア文庫編集部
ドラゴンマガジン編集部
★専用の表紙＆プロフィールシートを富士見書房ＨＰ
http://www.fujimishobo.co.jp/から
ダウンロードしてご応募ください。
評価表バック、始めました!
締め切りは毎年8月31日（当日消印有効）
詳しくはドラゴンマガジン＆富士見書房HPをチェック!
「これはゾンビですか？」
第20回受賞 木村心一
イラスト：こぶいち むりりん